プラチナ文庫

Platinum Label

# 軍服の愛玩具

あさひ木葉

*"Gunpuku no Aigangu"*
*presented by Konoha Asahi*



プランタン出版

イラスト／小路龍流

# 目次

※本作品の内容はすべてフィクションです。

# 淫らな秘密は軍服の下に

# 1

高瀬光明《たかせみつあき》は、お世辞にも性格がよいとはいえない。

根性が悪いというわけではないのだが、いわゆるお上品さはないと思う。

我《が》が強いとか、華族のくせにどうしてそんなにがつしているのかとか、士官学校時代からさんざん言われてきたことだ。

そして今現在、立派な士官になってからも。

(この美しーい顔に、見合わない性格って言われたりもしたっけな)

明るい色の髪と瞳、そして白い肌。母親譲りの容姿は、姉妹よりもずっと整っているが、近寄りがたい美貌というよりは、少し愛嬌《あいきょう》がある感じがいいのだと言われている。「これで女だったら、雲の上に女官として出仕させて、運がよければ主上のお手つきになれるかもしれないのに……」と、幼《おさな》いころから父親に残念がられたものだ。

しかしあいにく光明は男なので、あまりこの容姿の恩恵《おんけい》を受けることがないまま、とうとう軍人になってしまった。

それどころか、外見と中身の落差が激しいと、光明にしてみれば理不尽《りふじん》きわまりない文句をつけられることも多いので、もう少しいかつい顔に生まれたかったなあと、思わないでもない。

けれども、これればかりはもって生まれたものと、環境のなせるわざだ。

(俺に言われたって知るものか)

たびたび言われることであっても、光明としては開き直るしかなかった。どれだけ性格にそぐわない容姿だろうが、変えることはできないのだし。

だいたい、いくら男爵家の嫡男という立場だからって、そのきらびやかな肩書きと、内情が比例するかというと、それはまた別の話だ。

光明だって、のんきにお坊ちゃんをしていられる状況であれば、それがよかったのだが、残念ながら、世の中というのはままならないものだった。

(貧乏華族の困窮《こんきゅう》した台所事情を舐《な》めんな)

誰ともなく、喧嘩《けんか》を売りたい気分になるが、ありていに言えば光明の家は貧乏なのだ。お坊ちゃんでなんかいられない、下々《しもじも》の者にまじわり、俗世を逞《たくま》しく生き抜かなくてはやっていけない環境だった。

ゆえに、華族という身分にふさわしくない性格だと眉《まゆ》を顰《しか》められようが、容姿と言動が一致していないと嘆《なげ》かれようが、俺は俺の道を行く、というのが光明の流儀《りゅうぎ》だった。

だがしかし。

(俺は間違っても、こういう趣味だけはなかった! ……たぶん)

品がないとは言われていても、こういう方向ではなかったはずなのだ。

帝国陸軍近衛隊の中でも選《え》りすぐり中の選りすぐり部隊、『常盤《ときわ》』。特殊《とくしゅ》な任務を拝命している、選良《せんりょう》の集団の一員である光明は、特別に用意されている詰め所に戻ったものの、扉を少し開けたところで、そのままかたまってしまった。

なぜならば、詰め所の中で、軍服を着た男同士が接吻《せっぷん》をしていたのだ。

しかも、片方は手首を摑《つか》まれて、壁際に追いやられている。少し長めの前髪は乱れ、凄《せい》絶《ぜつ》な色気を醸《かも》し出していた。

(篠《しの》中尉が、どうして……?)

見てはいけないものを、見てしまった。

美貌の人である先輩士官が、悩《なや》ましげに眉を顰めて、男に口唇を蹂躙《じゅうりん》されている。

助けようと思った光明が、踏みとどまってしまったのは、相手もまた先輩士官だったからだ。

篠を押さえつけ、貪《むさぼ》っていたのは、篠と同じく中尉である橘川《きつかわ》だ。

篠も長身だが、橘川はさらに長身だった。そして横幅は、篠の倍はあるように見える。筋肉質なのだ。その体格にものを言わせて、橘川は篠から体の自由を奪っている様子だった。

篠は伯爵家の出身だが、橘川は『常磐』には珍しい平民だ。もっとも、平民とはいえ、豪商である橘川家の嫡男なのだが。こう言ってはなんだが、光明の高瀬男爵家よりも、よほど華族のような生活をしている。

しかし、なんでまたその橘川が、篠にあんな狼藉《ろうぜき》を働いているのだろうか。

篠と橘川はどちらかといえば仲が悪い。

篠は平民出の橘川になんて目もくれないという顔をしているし、橘川は篠をよく睨《にら》んでいた気がする。二人そろうと、ぴんと空気が張り詰めるから、「部隊の平和のために、できるだけ離れていてくれないかな」というのが、新米隊員である光明の偽《いつわ》らざる本音だ。

だがしかし、ここ最近は、ちょっと風向きが変わっていた。

(この二人が不適切な関係だっていう噂、本当だったのかな?)

口唇を契《ちぎ》り合う二人の姿に、光明の視線は釘付けになってしまう。

(馬鹿馬鹿しい噂だと思っていたけど、これはもしかして、ひょっとして?)

心臓が、どくんと跳《は》ねるように高鳴った。

とんでもない秘密を、知ってしまったのではないだろうか。

橘川と篠は、共に将来を嘱望《しょくぼう》されている。

しかし、二人が不適切な、ただならぬ関係を結んでいるとしたら、いくらなんでも無事にはすまない。

光明ももちろん、二人が所属している、近衛特殊部隊『常磐』は、原則は華族、もしくはそれに準じるほど身元が確かな人間しか入れないという、名誉ある隊なのだ。

文武両道《ぶんぶりょうどう》であることはもちろん、品行方正《ひんこうほうせい》でなくてはいけない。

なぜならば、生まれたばかりの親王《しんのう》、つまりは将来的にはこの国を治めるべき立場である大切な――残念なことに、少々体が弱い――御子と、その母上である女性のために、作られた部隊だからだ。

これから、すくすくと成長していただかなくてはいけない親王の傍《そば》に、清廉潔白《せいれんけっぱく》な人間以外は近づけてはいけないということで、他の近衛兵よりもずっと、常磐の隊員には厳しい規律が要求される。

詰め所で接吻なんて、とんでもない。

(人の情事を邪魔するのも、覗《のぞ》き見するのも野暮《やぼ》だ。野暮だし、こういうのは俺の柄じゃないんだけど……)

しかし、これは好機ではないだろうか。

光明は、腕組みをする。

橘川と篠が共倒れしたら、光明の出世が早くなるかもしれない――そう考えた途端、光明の心はぐらりと揺れてしまった。

（いや、先輩を追い落とすのはどうかと思う。思うが、だがしかし……。でも、どうせいつか誰かにバレるんじゃないか、これは）

ちらりと扉の隙間《すきま》から、光明は中の様子を覗き見る。まだ、二人は接吻していた。無用心なことだ。

篠の美貌は以前から評判だった。

どれくらい評判だったかというと、士官学校時代の考課表、俗な言い方をすると通信簿に、「容姿《ようし》端麗《たんれい》」と書かれるくらい。

もちろん、士官学校の成績と美貌はまったく関係ない。だがしかし、関係ないのに一言書き添えたくなるくらいの麗人《れいじん》というわけだ。

だから、篠にならば、同性であろうと血迷ってしまう人間がいることは、まったく不思議ではない。それが、不仲な橘川だというのが驚きだが。

しかし、篠がどことなく辛そうに口づけを受けているのが、気になった。

（もしかしたら、無理強いかよ）

光明は、「先輩二人が共倒れになったら、俺の出世も早くなるかな？」と考えるていどには図々《ずうずう》しいけれども、根はそんなに悪人ではない。

橘川が強引にコトに及《およ》んでいるなら、篠が気の毒すぎる。だがしかし、「嫌よ嫌よも好きのうち」ならば、邪魔をしたら恨《うら》まれそうだ。

どうしたものかと考えあぐねていた、その矢先だ。

橋川に手首を押さえ込まれていた篠が、いきなり反撃に転じた。

橋川の手を振り切って、思いっきり彼の精悍《せいかん》な頬《ほお》に平手打ちを食らわせたのだ。

「ここを、どこだと思っているんだ。無礼者!」

白い頬を紅潮《こうちょう》させ、篠は切りつけるように言う。

(うわっ、きっつい)

光明は、切れ長の瞳を丸くした。

どうやら、合意の接吻ではなかったようだ。

「……まだ自分の立場がわからないらしいな」

殴《なぐ》られるままになっていた橋川は、不敵な笑みを浮べた。

「おまえは俺のものだろう?」

「く……っ」

悔しげに、篠は口唇を嚙《か》む。

「……そんなに食い締めるな。口唇が切れてしまう」

橋川は篠に顔を近づける。そっと触れようとすると、篠は射殺すような眼差《まなざ》しで橋川を見た。

(うわー……。修羅場《しゅらば》だ)

それにしても、二人の関係は、イマイチよくわからない。合意なんだか、合意じゃないんだか。

はらはらしながらも、光明は成り行きを固唾《かたず》を呑んで見守ろうとする。こう言ってはなんだが、好奇心は世間一般の人以上にあるし、やはりこういう刺激的な光景を見て見ぬふりができるほどの聖人君子《せいじんくんし》ではない。

ところがそのとき、誰かが光明の軍服の肩を叩いたのだ。

「なにをしているのかな、高瀬少尉」

「わ…っ」

叫び声を上げかけた光明の口唇を、その何者かの掌《てのひら》が覆《おお》った。

長い指が口の中に入りかけて、光明は慌《あわ》てる。

(冗談じゃないぞ)

それだけは、なんとしても阻止《そし》しなくては……！

「暴れてはいけないよ。抵抗されると、手加減してあげられなくなるから」

(そんな物騒《ぶっそう》なことを言う、あんたはまさか?)

光明は視線をめいっぱい動かし、なんとか狼藉者の正体を確かめようとする。

しかし、その正体を摑んだ瞬間、喉《のど》がぐぇっと嫌な音を立てた。

(やっぱり……！)

目が合ったとたん、その男はにこやかに微笑《ほほえ》む。

「私と、少し話をしようか」

彼は暴れる光明を小脇に抱えると、詰め所の隣にある小部屋へと、光明を連れ込もうとする。

ちゃっかり、詰め所の扉を閉ざして。


「……ったく、何するんですか！」

ようやく口が自由になった途端、光明はひどい男を罵《ののし》った。

小部屋は、物置とか、宿直室がわりに使われている。しかし、さすがに宮中《きゆうちゆう》の一角だけあって、綺麗に整えられていた。

「君こそ、何をしていたのかな？」

光明を小部屋に連れ込んだ男は、上官である土御門《つちみかど》兵衛《ひようえ》だ。ついでに、新人である光明の研修担当官でもある。

彼は綺麗な顔に、甘い微笑みを浮かべていた。見慣れた顔ではあるものの、やはり見とれたくなるほどの美貌だった。女性的というわけではないのだが。

彼は侯爵。上官というだけではなく、男爵家生まれの光明にとっては、どう転んでも敵《かな》わない目上の人だった。

一見優男風《やさおとこふう》だが、これでも有能な軍人だ。ほっそりとした長身で、強そうにも見えないのに、いまだに光明は体術で彼に勝てたことがない。

士官学校を出たての光明は、今は彼の下について、仕事を学んでいる最中だ。だがしかし、光明はこのつかみどころのない上官が、どうにも苦手だった。

「小官は、詰め所に入ろうとして、入れなかっただけであります」

光明は姿勢を正して、彼の問いに答える。

「決して、それ以上の意図《いと》は……」

「篠中尉と橘川中尉の弱みを摑んじゃった。もし二人が軍を辞《や》めることになったら、俺の出世は早くなるかも。これは好機だ——と思ったりしなかったかい？」

うっとりするような笑顔で、彼は問いかけてきた。

「実は……」

笑顔の彼につられて頷《うなず》きそうになり、光明は踏みとどまる。こえてはいけない一線を、こえてしまいそうになった……気がした。

光明は、誤魔化すように咳払《せきばら》いをした。

「高瀬少尉。上昇志向が強いのは結構だが、君は突っ走りすぎることがあるから、私はとても心配だよ」

土御門は、柔和《にゅうわ》な笑顔を光明に近づけてきた。光明が婦人ならときめくところだが、あいにくそうではないので、むしろ腰が引けてしまう。

「あ、いえ、突っ走りません。しないようにします」

光明は一歩後ろに下がり、土御門から離れようとするのだが、彼はそれを許してくれない。

(なんで近づいてくるんだよ……!)

じりじりと後退する光明は、やがて壁際に追い詰められてしまった。

万事休すだ!

彼の声は、蜜で溶《と》いたかのように、とろりと甘いものになる。

「君のようなじゃじゃ馬には、きついお仕置きをしなくてはいけないのだろうね」

「お仕置きって……。俺、いえ小官は何もしていません!」

甘い声で、とんでもないことを言われているような気がした。光明は、必死で首を横に振る。

「これからするだろう?」

土御門は、本当に優しい表情をする。

軍人とは、とても思えない。

（けれども、なんでこの人、こんなに怖いんだ？）

「私としては、困るわけだよ。篠中尉も橘川中尉も大切な部下だからね。……二人が落としどころを見つけるまで、見守ってあげたいんだ」

「……小官も土御門少佐の部下ですが……」

「そうだったかな」

土御門は、意地悪く目を細める。

「なんにしても、上官としては、部下が妙な気を起こさないように、指導する使命があるからね」

「小官は十分、ご指導いただいていますから」

逃げようともがく光明だが、気づけば、土御門の腕の中に囲い込まれていた。

「そんなに遠慮しないで」

土御門は首を小さく傾《かし》げ、くすりと笑った。

「……さあ、お仕置きだ」

「……！」

光明は息を呑む。

土御門は一気に間合いを詰め、いきなり光明の口唇を奪ったのだ。

（何するんだよ！）

光明は青ざめた。
これは、まさに——不適切な行為じゃないのか!?
しかも、口唇に触れられるだけならまだいい。まだ、耐《た》えられる。
だがしかし。
(だから、世の中には、こえたらいけない一線があるんだってば……!)
光明は、必死で口唇を引き結び、歯を食いしばる。
これ以上入り込まれたら、たまったものではない。
よりにもよって、土御門なんかに。

——誰にでも、秘密はある。

背後には壁。
そして、目の前には苦手な上官がいる。
しかもその上官は、高瀬光明の顎《あご》を大きな手で固定して、口唇を押し付けてきているのだ。

（俺は、こんなことをされてしまうほど悪いことを、なにかしたのか⁉）

光明は顔色を変え、必死で歯を食いしばる。

どうして、苦手な上官にいきなり口唇を奪われなければいけないのだろうか。

その上官、土御門兵衛は端整《たんせい》で甘い顔立ちをした華族だ。いまだ独身だが、宮中の女性にも人気が高いことを光明でも知っている。

接吻をしたければ、そういうご婦人方か、吉原《よしわら》の太夫《たゆう》にでもしていればいいのに！

だいたい、仕置きと言いつつ接吻するなんて、なんだか理屈が通っていないんじゃないか？

いや、百歩譲って――本当は譲りたくないが――接吻はさておき。……妥協《だきょう》の範囲とするにしても。

これ以上は許さない。

絶対に……‼

光明は必死だった。

土御門の口づけはたくみで、光明の口唇が綻《ほころ》ぶように、あの手この手でいやらしく触れてくる。

口唇を舌で舐められたり、軽く歯を立てられたりすることがこんなにも気持ちがいいなんて、光明は今までまったく知らなかった。

「……っ、ん……」

鼻で呼吸しようにも、なかなか思うようにいかない。息がどんどん苦しくなっていく。

今、光明の顔は真っ赤になってしまっているだろう。

しかし、土御門は光明を離そうとはしてくれなかった。彼は根気強く、丹念に、光明の口唇を攻略しようとする。

でも、光明は絶対に、この口唇を開くわけにはいかないのだ。特に、土御門がこんなにも接吻巧者《こうしゃ》と知ってしまった今となってはなおのこと。

「……強情だな」

土御門は不意に口唇を離し、低い声で笑う。

そして、長く綺麗な指先で、光明の口唇をなぞった。

「きっと、君の――も、同じくらい初々《ういうい》しく、頑《かたく》ななんだろう」

「…………!?」

とんでもない言葉が、土御門の優美な口唇からこぼれたのだ。

光明は息を呑む。

この上もなく品がいい顔立ちをしているくせに、この男はいったいなにを言い出すんだ!

「何て破廉恥《はれんち》なことを言うんですか……！　だいたい、小官は男ですっ」

光明は、きっと土御門を睨みつけた。

土御門が何を囁《ささや》いたかなんて、とても光明は口にできない。

「もちろん、知っている。……が、男同士でも契ることはできるじゃないか」

優雅な笑《え》みを浮べた土御門は、なおも反論しようとしている光明の口唇に、指をねじ込んだ。

(しまった……！)

光明は愕然《がくぜん》として、大きく目を見開いた。

土御門の指が、中に入り込んでくる。

よりにもよって、口腔《こうこう》に！

(いや、他のどこに入り込んできたって嫌だ……！)

光明は、必死で口を噤《つぐ》もうとした。

このままでは、洒落《しゃれ》にならないことになる。

「そんなに必死で口を閉じて……。私の指を、食べたいのかい？」

余裕の笑みを含んだ声で、土御門は囁く。

「いいよ、食べても。……そのかわり、私は高いよ。私の指一本は、君のすべてで、購《あがな》ってもらうからね」

「……っ」

勝手に指を突っ込んできたくせに、土御門は無茶を言う。おまけに、光明一人の価値と彼のひとさし指一本が等価というのは、さりげなくひどいことを言われていやしないか。

しかし、彼に対する抗議を口にすることはできない。そんなことより、今光明にはやらなくてはいけないことがある。

なんとか、口腔の中だけは死守しないと……！

土御門の指を、好きに動かさせたりしてたまるか。

光明は必死で口唇を噤むのに、土御門が指を引き抜く気配はなかった。光明が歯を立てても、びくりともしない。その態度が、光明を不安にさせる。

（俺が指を噛み千切ってもいいって言うのか……？）

光明は目を眇《すが》め、土御門を睨みつけた。

まさか本当に、自分の指と引き換えに光明を奪おうというのだろうか。

土御門が優しく微笑んでいるから、余計に怖い。

（だから、この人は苦手なんだ……！）

底知れぬ怖さを感じるけれども、そんなふうに怯《おび》えていることを認めたくなんかなかった。負けてたまるか。

けれども、これ以上、歯に力を入れることができない。いくら苦手な上司とはいえ傷つけることはできないし、何よりも、この男は本気で指と光明を引き換えにしかねないという、底知れなさを感じさせるのだ。

「……何をそんなに、警戒しているんだ。接吻はたやすく許したのに」

土御門の美しい顔が、今まで以上に近づいてくる。

そして彼は、光明の口腔に含ませた指を、そろりと動かした。上顎を、撫《な》でるように。

その途端、光明の体は大きく震《ふる》えた。

全身が痺《しび》れ、一瞬、意識が遠のきかける。

(しまった……!)

光明は大きく目を見開いた。

体から力が抜けてしまった。

余韻《よいん》で体は痺れている。けれども光明は懸命《けんめい》に、それが表に出ないようにこらえようとした。

気が気ではない。

土御門に、気づかれやしなかっただろうか?

光明の重大な秘密を!

「……おや?」

土御門は、品のいい笑みを口元に閃《ひらめ》かせた。

「ここが好きなのかね？」

彼の指先が、光明の口の中を撫でるように動く。

柔《やわ》らかな、粘膜を。

彼を咥《くわ》えたことで、うずうずと疼《うず》くような熱が滲《にじ》み出した場所を——。

(気づかれた……！)

光明は、声にならない悲鳴を上げた。

知られてはいけなかったのに、よりにもよってこんなことをしかけてきている相手に、気づかれてしまった。

今まで必死に隠していた、体の秘密を。

「だから、深い接吻を拒《こば》むのか」

土御門は、楽しげに節《ふし》をつけるような調子で呟《つぶや》く。

光明の背中を、冷たい汗が伝った。

絶対に知られてはいけない、秘密。自分の弱点を、よりにもよってこのいけ好かない上司に知られてしまうなんて！

光明は逃れようと、必死で首を振った。ところが土御門は許してくれない。光明の顎を手で摑み、口腔に指を差し入れたまま、口唇に舌を這《は》わせる。

「……っ、ふ……ぐ…………っ」

苦しさに光明がひしゃげたような声を漏《も》らすと、土御門は喉の奥で笑い、指のかわりに舌を口腔へ差し入れてきた。

（この野郎……！）

指と違って舌ならば、少しの刺激でも痛みを感じるだろう。強引な舌先に仕置きを与えてやろうと歯を立てようとした光明は、見事に反撃を食らってしまう。

土御門の舌が、光明の頬の粘膜を舐めたのだ。

「……う……っ」

がくりと、光明の膝《ひざ》が崩《くず》れてしまう。

嚙み付くどころじゃない。快感のあまり体から力が抜けて、その場に崩れ落ちてしまいそうだった。

しかし、光明が床に座り込む前に、土御門の逞しい腕に囚われてしまった。

「離してください……っ」

「本当に、口腔が感じやすいのだね」

光明の拒絶は、当然のように聞き流されているようだ。土御門の瞳は、嬉々として輝いていた。まるで、新しい玩具《がんぐ》を見つけた子どものように。

「だから、あんなにも歯を食いしばっていたわけか。気持ちよさそうに接吻されていたわりには」

上官に対して、きつい口調になってしまったかもしれない。しかし、こんなことをされてまで、守らなくちゃならない礼儀なんてない。それほど、光明は優等生ではなかった。

「離してください、土御門少佐。冗談にも程があります！」

「冗談ではないよ。……そんなに頬を紅潮させて、瞳を潤《うる》ませて、このまま放り出されたら、辛いのは君のほうじゃないのか？」

光明を壁に押し付け、土御門は膝の間に脚を入れてくる。逞しい太ももが、光明の股間の感じやすい場所に触れた。

その瞬間、光明は竦《すく》み上がる。

自分の下半身が、反応していることに気づいたのだ。

（このままだと、洒落にならない！）

光明は青ざめて、必死で土御門を押しのけようとする。

「放り出していただいて、結構です！」

「遠慮することはないよ」

「遠慮じゃなくて、心の底からの望みです」

「時として、言葉と心は二律背反《にりつはいはん》であるものだよ、高瀬少尉」

「勝手に結論づけるな……っ！」

「だ、誰がっ」

敬語を使う余裕もなくなる。こんな態度は懲罰《ちょうばつ》ものかもしれないが、かまってはいられなかった。

「元気があってよろしい。君は、そうでなくてはね」

土御門は怒る様子もなく、ふわりと微笑んだ。

しかし、その瞳は、ひたりと光明に据えられている。

視線に射抜かれたように、背中がぞくりとした。

こんなに優男で、別に威圧的《いあってき》でもなんでもないのに、どうして土御門はこんなにも、ただならぬ雰囲気で光明を圧倒するのか。

「それにしても、口腔が弱いという自覚があるということは……。つまり君には、深い接吻の経験があるわけか」

光明の耳朶《じだ》に口唇を寄せて、土御門は囁く。

光明は、口唇を引き結ぶ。

口腔をまさぐられた経験だなんて、そんなことは口が裂《さ》けたって言えない。

(あの忌まわしい経験を、思い出させないでくれよ……っ)

光明の胸を去来《きょらい》するのは、まだ十代のころの体験だ。一気に気分が暗くなりかけるが、それを振り払うように頭を横に振る。

「ない、と言うのか?　嘘をつくなんて、いけない子だな」

接吻で濡《ぬ》れた光明の口唇を拭《ぬぐ》うように、彼の優美な指先が蠢《うごめ》いた。

弱い口腔を弄《いじ》られたわけではないのだが、淫靡《いんび》な快感が生まれる。光明は、ごくりと息を呑んだ。

(どうして……?)

先ほどから、土御門は表情ひとつ変えていない。それなのに、今の彼が冷然《れいぜん》と、まるで怒っているように見えるのはなぜだ?

(好き放題されて、怒っていいのは俺のほうのはずだぞ!)

心の中でしか主張できないのが情けないが、光明は目を逸《そ》らさず、土御門の視線を受けて立った。

土御門は、ふと目元を和《やわ》らげた。

「本当に、君はいい目をしているな。……そんなに私を挑発しないでくれ」

光明の頬を撫でまわしていた土御門の指先が、ふたたび顎を掴んだ。そして、腰にもう片方の腕が巻きついてきたかと思うと、いきなり脚払いを食らわされる。

「……!」

視界がいきなり揺れて、光明は驚愕《きょうがく》する。

このまま床に倒れ込むかと思ったが、土御門は受身の要領で、光明が頭をぶつけないように床に押し付けたのだ。

「な……っ」

光明は絶句する。とてもじゃないが、「頭を庇《かば》ってくれて、ありがとうございました」という気分にはなれない。

「駄目だな。君には、手加減してあげられない」

「少佐……っ」

「軽く可愛がってあげようと思ったんだが……。やめておこう」

土御門の瞳が、鋭《するど》く光った。

今まで光明が見たことのない、彼の表情。

品のいい、いかにも貴族然としている男だというのに、その瞬間の土御門は、まるで野生の猛禽類《もうきんるい》のような表情を見せたのだ。

光明は、身を竦ませる。

「真剣に、虐《いじ》めてあげたくなった」

戯《たわむ》れはやめてくれと、言うことはできなかった。

光明の抗議の言葉は、土御門の口唇へと吸い取られてしまったのだった。

口唇を覆われ、ろくに息もできない。

「……ふ、ん……くぅ……」

光明は、自分に覆いかぶさってきている上官の肩口を掴み、なんとか彼を引き離そうとする。

しかし、それは無駄な抵抗に終わった。

(どうして、こんなことに!?)

光明は悔し涙を浮かべ、土御門を睨んだ。

もう二度と、誰にもこんなことはされたくないと思っていた。

それなのに……。

土御門の舌は、執拗《しつよう》に光明の口腔を嬲《なぶ》る。

刺激を受けているせいか、唾液《だえき》が溢《あふ》れてきてしまう。光明の、閉じられなくなった口唇から溢れ、顎まで濡らした。

「……はぁ……」

気持ちとはうらはらに、光明の口から漏れる声は、しっとりと濡れたものになっていく。きっと、性器も硬くなっているだろう。先端から、ぬめりを帯びているに違いない。

これが、光明の秘密だ。

どうしてかわからないが、生まれつき口腔がひどく弱いのだ。赤ん坊の頃から、おしゃ

ぶりをいつまでもやめなかったと、両親には聞いている。その頃の名残りかどうか知らないが、そこを弄られると快感が我慢できなくなり、理性が飛んでしまうのだ。

ずっと、必死で弱点を隠してきた。

それなのに、こんな形で土御門に知られてしまうなんて、思いもしていなかった。

だいたい、光明は同性愛者ではないのだ。それなのに、男にねじ伏せられるなんて……！

（士官学校の時みたいだ）

屈辱《くつじょく》の経験が、光明の脳裏を掠《かす》める。

あのときは上手く逃れることができた。

しかし、今回はどうなんだろう？

こんなふうに考えごとができる理性は、あとどれだけ保つだろうか。

快楽で、抵抗を奪われていく。

天井が、涙で歪《ゆが》んで見えた。


「……っ、く…………ふぅ……ん…」

光明は、ひくりと喉を鳴らす。

土御門の愛撫は執拗だった。

弱い場所を徹底的に苛《さいな》むのが、彼のやり方らしい。

土御門の舌に刺激された頬の内側は、まるで熱でも持ったかのように火照《ほて》っている。弄られすぎて、腫《は》れぼったくなっているのかもしれない。

目を開けているはずなのに、ほとんど視界にはなにも映っていなかった。強烈な快楽を受けて、感覚器が麻痺《まひ》してしまっているかのように。

「…………っ、ん……！」

甘えるような声が、鼻から抜ける。全身が、ぐずぐずと熱に溶けていく。

（もう駄目だ……）

最初は、抵抗しようとしていたのだが、今ではそんな気力もない。床に手足を投げ出していることしかできなかった。

土御門は光明を押さえつけたまま、ひたすら口腔を貪っている。

その上、気まぐれに脚で光明の性器を刺激した。

そして、光明の欲望を高めていこうとしていた。

（くやしい、けど……っ、気持ちい……い……）

光明は、大きく目を見開いた。

感じやすいものは、すでに下着の中で育ちきっている。厚い軍服の布地ごしでも、刺激されると強烈に感じた。先っぽがぬるぬるしてしまっていることを自覚して、光明は頰を紅潮させる。

このままでは、接吻だけで達《たっ》してしまいそうだ。

弱点を手玉に取られるなんて、こんなのは嫌なのに！

「っ……く……ふ……」

ごぼりと、光明の喉が音を立てた。

溢れた唾液が喉奥に逆流したからだ。

「……く、ごほ……っ」

口づけされているのに、激しく咽《む》せてしまった光明から、ようやく土御門は口唇を離してくれた。

「……顔が真っ赤だ。そんなに、感じているのか？」

ただし、よけいな一言つきで。

光明はこの隙に、慌てて口腔を庇おうとする。しかし、土御門の長い指が伸びてくるのが先で、息が苦しくて喘《あえ》ぐ口唇の中に、二本の指が差し込まれてしまった。

「ぐ……っ」

頰を擦《こす》られて、光明は息を詰める。柔らかな舌とはまた違うが、指に愛撫されるのも気持ちよすぎる。柔らかい頰が、土御門の指の形に歪められ、愛撫を施《ほどこ》される。

「……いったい、君にこの悦《よろこ》びを教えたのは、どんな男だったのかな？　ずいぶんはしたない体にされたんだね。接吻だけで、こんなに感じるなんて」

「……う…ん、……っ……」

膝で刺激された性器が、また大きくなってしまう。きつくて、苦しくて、しかたがなくなっていく。

（誰にも教えられてないよ……っ）

教えられてもいないのに、ありえないくらい口腔で感じてしまう。

だから光明は、こんなにも悩んでいるのだ。

自分はおかしいのではないか、と。

「植えつけられた記憶は、塗り替えてやる。ここだけじゃなくて、体の隅々まで」

勘違いしたまま暴走している土御門は、口元に優雅な笑みを湛《たた》えている。

しかし、目はちっとも笑っていなかった。

「一度、口の中だけで達してみなさい。そのあとに乳首だけで、それから君のはしたないところを可愛がってあげよう。……私のやり方を、覚えてしまいなさい」

よく響《ひび》く低音の美声は、とんでもないことを囁く。

しかし、口腔を蹂躙されている光明は、反論することも許されないのだ。

「……ふ……っ…ん……」

二本の指の腹で粘膜を擦られたかと思うと、今度は舌を引っ張られる。何をされても感じる。何をされても、快感でしかない。

(……もう……駄目……だ……)

光明は、瞠目《どうもく》する。

「……ん、ふ……………くぅん………!」

犬の仔《こ》のような呻《うめ》き声が、漏れてしまった。屈辱に頬を火照らせながらも、自分の体の熱を止められない。

「……は……ぅ……あ、いい……」

こぽりと、口腔から唾液が溢れた。

光明の細い腰が大きく跳ねた。もう、我慢するどころの話ではない。土御門に弄《もてあそ》ばれ、

(達《い》く……っ)

光明は達してしまっていた。


「たくさん出したね」

太ももで光明の下肢《かし》を刺激しながら、土御門はほくそ笑む。

光明が達して満足したのか、土御門はようやく指を光明の口から抜いてくれた。しかし彼は、達した衝撃で体に力が入らない光明に向かって、さらに情《なさ》け容赦《ようしゃ》ないことを言い放ったのだ。

「さあ、次は乳首だよ」

なにを思ったのか、いきなり土御門は傍《かたわ》らの軍刀《ぐんとう》を抜いた。刃《やいば》が光を弾《はじ》き、冷たく輝く。

「……！」

快楽の余韻に震えていた光明は、さすがに我にかえった。

（いったい、なにをする気だ!?）

「やめろ……っ」

上官とはいえ、もう敬語なんて使ってはいられない。光明は血相《けっそう》を変え、軍刀を逆手に握る男を睨みつけた。

「こんな、こんな……」

「こんな、『不適切なこと』？」

土御門は、不穏《ふおん》な表情になる。

「しかし君の体は、それを悦んでいる」

「そんなこと……は…」

「濡れているじゃないか」

「ああっ！」

膝で性器を刺激され、光明は体をくの字に曲げた。

土御門は優しい物腰とは裏腹に、凶暴な愛撫《あいぶ》をしかけてくる。

しかし、その乱暴さにも、光明は感じてしまうのだ。

同性にいいように手玉にとられる悔しさに、光明は口唇を噛みしめる。

こんなに屈辱的な話はない。

光明が望んだのであればともかく、こんなふうに関係を無理強いされるなんて。

「いい加減に、放してくれ！」

力が抜けた体を叱咤《しった》し、土御門の体を押しのけようとすると、彼は鈍《にぶ》く光る軍刀の切っ先を、光明の首筋に押し当ててきた。

そのひんやりとした感触に、光明は冷たい汗を滴《したた》らせる。

「おとなしくしていなさい。怪我をしたくはないだろう？」

土御門はいきなり、光明の軍服を切っ先で切り裂いた。

「なにを……！」

胸元があらわになり、光明は血相を変えた。

ちょうど、乳首周りだけ、肌がむき出しになってしまったのだ。

女ではないのだから、大騒ぎするほどのことではない。けれども、土御門が獲物《えもの》を狙う眼差しをしているせいか、光明はかつてないほどの危機を感じた。

貞操《ていそう》の危機だ。

「次はこの可愛い乳首に、私を教えてあげよう」

「勝手なことを言うな……！」

抗議の声を上げても、土御門は聞いていない。

「こんなに尖《とが》らせて……。君は本当に感じやすいな。これで、軍務が勤まるのか？」

「ああ……っ」

光明の唾液でぬるぬるになっている指先が、無造作に乳首を摘《つま》み上げる。引っ張られたとたんにつるりと滑《すべ》る、その感触がたまらなくよかった。

体中が、感じやすくなっている。きっと、達してしまったせいだろう。光明は、悔しさのあまり瞳を潤ませた。

「……っ、ふ……」

「この遊びが、気に入ったのだろう？」

光明の乳首がさらに硬くなったことは、土御門に気づかれていた。彼は手慰《てなぐさ》みのように、光明の乳首を引っ張っては指の腹で滑らせる。

そして、むずがゆいような快感に身もだえする光明の表情を見下ろした。

まるで、視線ですら犯《おか》すように。

「……いや…だ………っ」

達した余韻で体は気だるいのに、また背中がぞくぞくしはじめる。自分が感じていることに気づいて、光明は絶望した。

(感じたくなんかないのに……っ)

「こんなに尖らせて……。今にも取れてしまいそうじゃないか」

「放せ……って、言ってるだろ……！」

光明の乳首の先端は丸みを帯び、豆粒みたいになってしまっている。これ以上弄られたくなくて、光明は必死で土御門の手を押しのけようとする。

口腔を弄られているわけじゃないから、先ほどまでよりは理性が戻っていた。

ところが土御門は、光明の抵抗を難なくかわすと、さらに手慰みをしていたのとは逆側の乳首に口唇を近づけてきた。

そして、その小さな尖りを口唇に含み、吸い上げる。

「いやぁ………っ！」

さらなる陵辱《りようじよく》の予感に、光明は女のような悲鳴を上げた。

軍服の胸元だけ切り裂かれ、乳首を露出《ろしゆつ》させせられている。そんな屈辱的な姿のまま、光明は乳首を愛撫される。

「あ……っ、ふ、ん………くぅ……っ」

尖りきった乳首を執拗に口唇で引っ張られて、光明は鼻から抜けるような声を漏らした。小さな突起《とっき》を男に弄られ、そしてこんなにも感じてしまう日が来るなんて、光明は想像もしていなかった。

「……ひっ、あ……ん……も、や……っ」

「嫌じゃないだろう？　こんなにも硬くして、なんてはしたない子なんだ」

穏《おだ》やかな口調で光明を詰《なじ》りながら、土御門は乳首の先端に歯を立てる。

「あん……っ」

光明の背中は、ぴんと伸びてしまう。

なんて甘美な快楽なんだろう。

そして、人の心を堕落《だらく》させる、罪深い悦びでもある……。

(頭の芯が痺れて……なにも、考えられなくなりそうだ……)

こんなこと、とても許せることではないのに。

土御門は、その気品溢れる口元に、残酷なほど優美な微笑を浮べて、光明の体に罪深い快楽の烙印《らくいん》を施していた。

(こんな……の…、しんじられ、ない……)

あられもない声が溢れてくるのを恐《おそ》れて、光明は両手で口元を覆う。

乱れた声は、自分自身のものであっても恥ずかしすぎて、とても耐えられるものではないのだ。

(嫌だって思ってるのに……)

快楽に潤んだ光明のまなじりに、透明の雫《しずく》が浮かぶ。

それはゆっくりと盛り上がり、すっと光明の白い頬に筋を描いた。

けれども、涙をこぼしてしまったことを認めたくなくて、光明はごしごしと目元を擦った。

(同性に、組み敷かれて泣くなんて、そんなのみっともない。それとも、俺はこんなんだから、男好きのやつに狙われるのか……？)

光明が思い出すのは、士官学校時代の苦い経験だ。

慕《した》っていた先輩がいた。

まるで、兄のように。

ところが彼はある日、豹変《ひょうへん》したのだ。

ちょうど、土御門のように――。

(いや、それは違うか)

光明は心の中で、自分の記憶を訂正する。

どうやら、同じような悔しい経験から、土御門とかつての先輩を重《かさ》ねてしまったみたいだ。

（俺は、土御門少佐のことを、兄みたいだなんて思ったことはないじゃないか……。少佐のことは最初から苦手だったんだ。俺の本能、大正解）

もちろん、あの先輩と土御門が似ていようが似ていまいが、光明が進退窮《しんたいきわ》まっていることには変わりがない。

けれども、まさか二度に亘って、恥ずかしいぐらい感じてしまう口腔の秘密を暴かれた挙げ句に、男に貞操を狙われる羽目になるなんて、光明は想像もしていなかった。

ごしごしと目元を擦っていた光明は、いつのまにか胸への辱《はずかし》めが止まっていることに気がついた。

土御門は、じっと光明を見ている。

いまだ光明の胸を撫でているけれども、どちらかといえばいかがわしいというよりは、愛玩《あいがん》動物でも撫でているような手つきだった。

「……なんですか？」

きつく目を眇めた光明は、ぼそりと問う。

「どうかしたかね」

「なんで……やめたんですか」

「それはもちろん、目を擦っている君が、とても可愛かったからだよ。……懐《なつ》かしいな」

いったい、なんの話をしているんだか。土御門は、うっとりとするような微笑を浮べた。

「握りこぶしを作って目元を擦るなんて、まるで幼児のようだな。ああ、擦りすぎて、赤くなってしまっている」

土御門の薄い口唇が、光明のまなじりに触れる。

まるで、慰撫《いぶ》するかのように。

「紅でも差しているかのようだ」

「なんでそんな、遊郭《ゆうかく》の女みたいな真似をしなくちゃいけないんですか」

「そうだな。君は、化粧を施して戦闘態勢に入る必要はない。素の顔でも十分、男の本能を掻《か》きたてる。……この目がいい。真《ま》っ直《す》ぐに相手を睨み据える、瞳が」

光明の黒い瞳を、土御門の薄い舌が辿《たど》る。

背筋が、ぞくりとした。

(なんで、こんな……っ)

眼球まで愛撫されるなんて、そんな手管《てくだ》、光明は今まで知らなかった。

弱い場所を刺激されたせいか、また瞳が潤んできてしまう。

「君は泣かせ甲斐があるな。その真っ直ぐな眼差しが快楽の涙で潤み、私を欲しがるまで虐めてあげたくなってしまう」

「……あなたの、そういう特殊な趣味に、俺をつきあわせないでくれ!」

顎を捉《とら》えられ、顔を近づけられた光明は、必死で彼から逃《のが》れようとした。

「諦《あきら》めたまえ、高瀬少尉」

土御門は、厳《おごそ》かな口調になる。

「なぜならば、私のこの趣味嗜好《しこう》は、君において発揮《はっき》されるものなのだよ。つまりは、はじめに君ありき。君なしでは考えられない……」

「さ、最低だ……！」

光明は顔色を変える。

最初は光明も、多少はうしろめたさがあった。そのせいで、土御門に呑まれていたところがある。

先輩格に当たる近衛兵二人の醜聞《しゅうぶん》を見かけて、「もしかして、あの二人が失脚《しっきゃく》したら俺は出世するかも？」と一瞬とはいえ考えてしまったのは、どう考えても光明が悪い。

しかしながら、よくよく考えてみれば、光明が多少後ろ暗いところがあるからって、土御門なんかの玩具におとなしくなっていてやる道理はない。

（抵抗してやる！）

光明は、猛然《もうぜん》ともがきはじめた。

「放せ、このっ、……変態！」

上官を変態呼ばわりするのは、いかに光明が元気者とはいえ、少々勇気が必要だった。

しかし、ここまでされて、遠慮もなにもない。

相手は、光明を玩具にしようとしているのだ。

「罵る声も、可愛いじゃないか」

ところが、土御門は怒るどころか、ますます嬉しそうに光明を押さえにかかってきた。

しかも、また軍刀を手繰《たぐ》りよせている。

こんな男にそんなものを握らせるなんて、危険すぎる！

「放せって……！」

光明は土御門の胸を押して、なんとか体の下から出ようとした。しかし土御門は難なく光明の手を退け、刃の切っ先を首筋に押し当ててくる。

「……くっ」

ひやりと冷たい、金属の感触。

そんなものを押し当てられてしまっては、さすがに自由には動けない。

光明は、悔しさのあまり口唇を噛んだ。

「そそる顔だ」

土御門は光明の胸のあたりを、またぐようにして座り直す。もちろん、刃を光明に当てたまま。

そして、そろりと膝を動かして、光明のむき出しの乳首を膝頭で押さえ込んだ。

刃はその間、一寸たりとも動かない。

そういえば土御門は、剣術の名手だ。

(って言っても、こんなところでそんな技、披露《ひろう》しなくていいよ……!)

心臓の上に、ちょうど土御門の膝が乗っている。

その圧迫感で苦しい上に、刃に首を狙われているせいもあり、光明の心臓の音は、どんどん速くなっていく。

「あうっ!」

その上、土御門はそろりと膝を動かした。

むき出しになった光明の乳首を、刺激するように。

光明は、思わず目を見開いた。

けれども、うかつに動けない。動いたら、首が切れる。

「し、少佐……」

「私を拒みたかったら、命がけで拒むことだな」

光明の首のすぐ横に刃を立て、土御門は顔を覗き込んできた。

「私には、覚悟があるということを、わかってもらえただろうか」

「か、覚悟って……」

「万難を排《はい》して君を虐めて、犯してあげるという覚悟だよ。……こうやって」

「あ……っ、や……!」

なんで膝をそんなに上手く使えるのかわからないが、つんと尖ってしまった光明の乳首に、土御門は巧《たく》みな刺激を与えてきた。

先ほどよりは刃が離れているとはいえ、首のすぐ横に突き立てられているというあやうい状況だ。

身じろぎしないように、光明はぐっと自分の手のひらを握り込んだ。

体に緊張が走る。そのせいか、不自然に胸が上下するほど、呼吸が荒くなった。

そしてその胸の先端の突起を、なおも土御門は膝で弄り続けた。

「く……っ、あ、いや……やだ、やめ……っ」

ぐいぐいと押されて、軽く膝を回されるだけで、飛び上がりそうになるほど感じてしまう。

「いい反応だ」

「ああ……っ」

膝頭で、硬くなった乳首の先端を転がされると、たまらなくいい。

光明の全身は、ぶるぶると震えはじめる。

(怪我……したら、まずい……反撃できなくなる……っ)

軍刀と反対側に顔を傾けようとするが、そちら側に土御門は手をついて、意地悪く光明の動きを阻《はば》むのだ。

このまま、彼にいたぶられ続けるしかないのだろうか。

（くそ……っ、負けるもんか！）

光明は悔しさのあまり、まなじりに涙を浮べたのだった。

決して諦めない、光を瞳に宿して。

しかし光明が睨みつけても、土御門は嬉しげに微笑むだけだった。


「……あ…っ、く……ぅ……ふ……っ」

あられもない声が漏れるのを恐れ、光明は両手で口を塞《ふさ》ごうとする。

その声が快楽に濡れてしまっていることが、耐えられない。なにせ、苦手な上官にいたぶられているのだから。

（いや、苦手なんかじゃない。俺は、この人が嫌いだ……！）

潤んだ瞳で、光明は自分をいたぶり続けている土御門を睨みつけた。

彼は光明の体の上に乗り、膝頭で乳首をいたぶり続けている。ぞんざいすぎるほどの扱いだというのに、光明は感じてしまっていた。

自分の体が自分の意思を離れて暴走してしまう屈辱感は、光明を惨《みじ》めな気持ちにさせる。

おまけに、士官学校に通っていたときに先輩に襲われ、口腔を弄られると感じすぎてしまうという恥ずかしい弱点を暴かれた思い出が蘇《よみが》える。あれは、いつも明るい光明にとってささやかな心の傷にもなっていて、二重の意味で苦しめられた。

土御門は知ってか知らずか、光明の心の一番弱い部分を抉《えぐ》った。こんなこと、許せるものか。

(絶対に、逆襲してやる)

乳首を硬くし、そこから全身に広がる熱で体を火照らせながらも、光明はその機会を虎《こ》視眈々《したんたん》と狙っていた。

土御門は不自然な体勢で、光明をいたぶっている。無理な格好だから、絶対にそのうち隙を見せるはずだ。絶対に……!

「あうっ」

光明の不穏な気配に気づいたのか、土御門は尖りきった乳首を強く膝頭で擦った。今にもとれそうなくらい、豆粒みたいに丸まって硬くなっていたそこが、じんと痺れる。

小さく声を上げた光明だが、土御門が握っていた軍刀を握り直そうとしたその隙を見逃さなかった。

(今だ!)

軍刀と逆側、光明の頬を捉えていた土御門の手を払い、光明は体の上の土御門を追いやろうとする。

全身は熱くて、火照っている。軍服の胸元は切り裂かれ、下半身も惨めに反応してしまっているけれども、光明はがむしゃらになって土御門から逃れようとした。

「……っ！」

体勢を崩した土御門は、小さく声を漏らす。

まるで猫がねずみをいたぶるように光明を弄んでいた男の表情を歪めさせることに成功し、光明はにやっと笑ってしまう。

そしてそのまま、部屋を逃げ出そうとしたが、土御門は素早かった。彼はすぐさま体勢を立て直すと、軍刀を立てたままそれを軸《じく》にして、逃げようとした光明に足払いを食らわせたのだ。

「あ……っ！」

足がもつれ、光明は転んでしまいそうになる。でも、ここで転んだら、また捕まる。なんとか膝を支え、走ろうとしたのだが、一瞬早く、土御門の手が伸びてきた。

（しまった……！）

光明の手首は、土御門の大きな手のひらに捕らえられてしまった。

背後から伸びてくる腕が、光明の体を羽交《はが》い絞《じ》めにする。

「放せ……！」

光明は声を上げた。

「いけない子だ」

土御門は、やんちゃな子どもに手を焼いているような口ぶりだ。怒っているわけではなく、「しかたないな」といわんばかりの口調。

けれども、手の力は容赦ない。

「……こうでなくては面白くない……な」

不敵な笑みを含んだ囁きが、耳元で聞こえる。

光明は、ごくりと息を呑んだ。

決して彼は声を荒げているわけではないのに、逆らおうとする気力を奪うような、圧倒的な威圧感があった。

「せっかくだから、体のいろいろな場所を好きになってもらおうと思ったんだが……。一番大好きなところを弄ってあげなくては、やはり物足りないか」

「あ……っ」

顎のかみ合わせの辺りを指で押されて、光明は思わず声を漏らす。その隙を突くように、土御門はひとさし指と中指を光明の口腔へと差し入れてきた。

「や……あぐ……っ」

光明は涙目になる。

(そこはいやだ……！)

また、体で一番弱い場所を手玉に取られてしまったのだ。

土御門の爪は綺麗にやすりをかけられているようだ。そっと顎を撫でられても、引っかかったり、痛みを感じたりはしない。

だからこそ、余計に怖くなる。

「……っ、ふ……ぅ……ん……」

背筋がぞぞっとして、光明は全身を震わせた。少し上顎をくすぐられただけで、全身から力が抜けてしまう。

(だめ……だ…)

床に手をついた光明の全身は、がくがくと震えはじめた。体を支えていられない。

(悔しい……)

士官学校時代に、上級生に襲われたときもこうだった。我慢しようとしているのに、口の中を刺激されると体が勝手に熱くなっていく。

「……っ、ふ……ん……く……」

「我慢しなくったっていいんだよ」

くちゅくちゅと音を立てるように指を動かしながら、土御門は言う。

「可愛がってあげてるだけだから」

（めい…わ……く……だ……っ！）

まともに口を開けなくなっている光明は、心の中で上官を罵った。

全身がかっと熱くなり、軍服の硬い布地の下では欲望が目覚めている。もちろん、むき出しになっている乳首は、触れられもしないのに硬度を保ったままだった。

「口の中が、ぐっしょりと濡れているよ」

土御門は、楽しげだった。

「気持ちいいんだな。……こちらも」

「……っん……！」

「硬くしている。本当に、君は口の中が感じやすいんだな。これでは、食事のときも気をつけないと大事になるね……」

「……ふ……ん……くぅ……」

鼻を鳴らすように喘いで、光明は腰を揺らす。

下肢の熱を庇いたいのに、土御門はそれを許してくれなかった。器用に、下着の中に指を滑り込ませ、高ぶりはじめた光明の性器を握り込んだ。

「……っ…ん……！」

「君は、ここも元気だな。素直でよろしい」

「ん……っ」

「こちらも濡れている。先端から、しとどに溢れているよ」

恥ずかしい下肢の状態を指摘され、光明は頬を紅潮させた。このままでは、また達してしまう。ろくに性器も弄られず、口腔をいたぶられているだけなのに。

(悔しい……っ)

自分の体をおもちゃにされているのが、悔しくて悔しくてたまらなかった。

本気で欲しがられているならともかく、土御門にとっては遊びでしかないのに！

しかし、心とはうらはらに、体は感じてしまうのだ。

「……っ、ん……ふ……」

咥えさせられた指に歯を立ててやろうとしても、もう体に力が入らない。

頬の裏の粘膜を、土御門の指の先がざらりと撫でた。こそげるような指の動きに、まるで熱が出たときのように光明の体は震えはじめた。

(も……おかしく…、なる……)

突っ張っていた肘《ひじ》から、がくりと力が抜ける。

それは、光明の意地が脆《もろ》くも崩れた瞬間でもあった。

「……ぅ、あ……ん……ふぅ…ん……」

切なげに鼻を鳴らしながら、光明は腰を揺らしていた。口の中では、唾液でべとべとになった二本の指が我がもの顔で動き回っている。強く擦られるだけで、どうしようもなく感じる。性器の先端からは、ひっきりなしに透明の雫が落ちていた。

先ほどから、土御門はそこに触れない。「君はここのほうが好きだろう?」と口の中ばかりいじめるのだ。

「……っ、く…も…あ……」

はぁっと大きく息をついた光明の口から、ようやく指が引き抜かれる。口の粘膜は熱を持ち、じんと痺れるほど熱くなっていた。

指を引き抜かれたとたんに口寂《くちさび》しくなって、光明は閉じられなくなった口唇からわずかに舌をのぞかせた。

あさましく、ねだるように。

「…しょう…さ……」

「ん?　まだ欲しいのかな。私の指を、こんなに濡らしたのに」

土御門はからかうように、光明の目の前で中指とひとさし指をちらつかせた。たっぷり濡れたそれは、透明の糸を引いている。正視できないほど淫《みだ》らなのに、理性が飛んでいる光明は、自らその指に舌を這わせてしまった。

「ん……っ」

「美味《おい》しそうに舐めているのに可哀想《かわいそう》なんだが……。この指は他のことに使わねばならないからね」

光明は、自分を背後から抱いている男を、快楽で潤んだ瞳で振り返る。

もう何を言われているのかもわからなくなっていて、ひたすら快感を追い求めることしか頭にない光明に、土御門はなだめるように笑いかけてきた。

「いい子だ。どうしてもおしゃぶりしたくなったら、自分の指で我慢しなさい」

土御門は、光明がたっぷりと濡らしたその指を、後孔へと押し当てた。

「……あ………？」

そんな場所に触られるのは初めてだ。

「力を抜いていなさい。ここでのおしゃぶりも、君はきっと大好きになるだろう。私が、そうしてあげるから」

つぷりと、濡れた土御門の指が後孔に差し入られる。

「……ひゃあ……っ」

いくら快楽で体が緩《ゆる》んでしまっているとはいえ、生まれてはじめてそこに感じる違和感に、光明は眉を顰めた。けれども、そのわりにはすんなりと飲み込んでしまったのは、緊張もなにもない状態まで体が追い込まれているせいだ。

口腔を愛撫され、全身が溶けきっている。

「上手に飲んだね。これからは、私以外に触れさせてはいけないよ」

「……っ、や……そんなとこ……さわ……たら…」

頰を床に擦りつけていた光明は、思わず目を瞑《つむ》ってしまう。体内をうごめく指の動きはなまめかしく、光明を追いつめる。

痛みはなかった。しかし、下腹部がかっと熱くなり、もどかしいほどの疼きを感じはじめる。

（……中…うず…く……）

かゆいわけではないのだが、土御門が弄っているその場所に、もっといろんなことをしてほしくなる。疼きは欲求と直結していた。

「……君のここ……。ずいぶん欲しがりだな。きゅうきゅう締め付けてくる。君は本当におしゃぶり好きだ」

「……っ、あ……ん、あぁ……っ」

ゆるゆると指を抜き差しされ、その動きに合わせるように光明は声を上げる。

「や……っ、も、だめ……そこ………いやだ、へんになる、へん……に……っ」

「君は感じているんだよ。体は大人なのに、まだ快楽というものに関しては子どもの反応をするんだな」

土御門はどことなく嬉しそうな声音で呟きながら、さらに光明の体内を責め立てるのだった。

「……っ、ふ……ぁ、や、いやぁ……やぁん、や……」

恥ずかしすぎる、淫らな声が響いている。

与えられる快楽があまりにも強すぎて、光明の理性は完全に吹っ飛んでしまっていた。

そうでなかったら、苦手な上官に弄ばれているのに、こんなになすがままにされていられるはずがない。

軍服の上は胸元だけ切り裂かれ、下は脱がされてしまっていた。

そのむき出しの下半身は、土御門に向けて開かれている。そして土御門は、光明の濡れた下半身を楽しそうに弄んでいた。

まるで、はじめて与えられた玩具から、ありとあらゆる楽しみを引き出そうとする子どものように。

「嫌？　嘘つきな子だな。こんなところまで、もうぐっしょりだ……」

「ああんっ！」

光明は、ひときわ甲高《かんだか》い声を上げた。

土御門が、光明の体内の一番感じやすい部分を指で弄ったからだ。

「……っ、も……や……」

もともと、光明は勝ち気で意地っ張りな性格だ。けれども、快楽には弱かった。馴《な》れないからだ。

士官学校時代に先輩に襲われかけて以来、他人に触れられることを光明は警戒していた。あんなみっともない真似、二度としたくないと思っていた。

けれども、今の光明は、そんなことを考えていられない。体の中までも、火照って火照って、どうしようもなくなっている。

「……っ、ふ……」

開きっぱなしの口唇の端から、とろりと唾液が溢れた。

それを拭おうとしたとたん、うっかり指の端が口腔の粘膜に触れてしまう。

「ひゃうん！」

そのとたん、光明の全身に電流が走ったような気がした。

光明がひた隠しにしていた、秘密。どこよりも快楽に弱い口腔を、自分自身の手でうっかり刺激してしまったのだ。

（……きもち、いい……）

その刺激の心地よさに抗《あらが》うことができず、光明は指をしゃぶりはじめる。

「……っ、は…………ぁ、ん…………いや、あ…………はぅ……ん……」

ちゅくちゅくと、親指の先端を吸うだけでも、光明にとっては強烈な快楽だった。まるで、性器を弄っているかのように。

「……ん、ちゅ……うぅっ……」

唾液が口の中いっぱいに満ちて、ちゅぷんちゅぷんと音を立てている。口の端から溢れるものを、拭うことすらできなかった。

意識を朦朧《もうろう》とさせながら、光明は淫らな遊戯《ゆうぎ》に耽《ふけ》る。

「おしゃぶりが好きなだけでなく、上手だね」

土御門は、光明の体内で指を曲げる。

「あうっ！」

光明の細い腰が、大きくはねた。今の光明に、快楽を拒む理性は残っていない。

「……っ、あ……や、もっ…と……もっとぉ……！」

大きく脚を開き、光明はねだる。

今の、「くいっ」という感触がもう一度欲しい。感じやすい場所を、指で虐めてほしかった。

「ここ……かな？」

「ん……」

土御門が、肉襞《にくひだ》に生まれた光明の快楽を探《さぐ》る。けれども彼は絶妙に、一番感じる場所から少しだけずれたところに触る。そんなことをされると、もどかしくてたまらない。ちゅっと親指を強く吸った光明は、喉を鳴らした。

「……ちが、う……そこ……じゃ…」

「ん？　では、どこだと言うんだ」

「もっと……おく……」

「ここかね？」

もったいぶりながら、土御門は光明の感じやすい場所に触れてくれた。

ようやく望みを叶《かな》えられて、光明は大きく声を上げた。

「あ……っ、そこ……そこして、そこがいい……っ」

「ここが、好きな場所なのか」

「ん……ちが……っ」

「そうか、では、弄るのをやめよう」

「……あ、や……やめ、やめない……で……」

土御門は光明の表情を覗き込みながら、指の動きを調整している。そんなことをされてしまうと、光明はたまらない。泣きじゃくりながら、土御門に哀願《あいがん》する。

「……ねが、い……もっとして、もっと……」

「ここが好きなんだね？」

「……す、き……」

意地悪い念押しの言葉に、逆らえない。光明は胸を喘がせながら、呟く。

「そこ、好き、もっとぐいぐいって……」

「大きいので、擦ってあげようか。指よりも、ずっと気持ちよくなれる」

淫靡《いんび》な笑みを浮かべて、土御門は囁いた。

「今日はこっちの口にしゃぶらせてあげよう。……そのうち、こちらの恥ずかしいお口でも楽しませてもらうが」

「あう……」

濡れた口唇を、指の腹でつつかれて、光明は声を漏らす。

どんな言葉で辱められても、今の光明は怒ることもできなかった。それどころか、ますます煽《あお》られて、体が制御できなくなる。

やがて、光明の体内から指が出ていく。引き抜かれていく瞬間、物欲しげに後孔がすぼまったことまで揶揄《やゆ》された。

「こちらが欲しい？」

土御門は光明の腰を抱え上げると、後孔に熱く猛《たけ》ったものを押し当ててきた。

「ん……」

光明は、小さく頷く。

「では、言ってみなさい……こうやって」

土御門の薄い唇が光明の真っ赤になった耳たぶに寄せられ、この上もなく淫らな台詞《せりふ》を囁く。

光明は思わず息を止めて、その台詞を最後まで聞いてしまった。

そして、こくんと息を呑む。

「言うことをきかない子にはあげられないな」

「……はぁ…ん…」

後孔に性器を擦りつけられて、光明は切なく喘いだ。

そして、わななく口唇で、はしたなくもねだる。

「おしゃ……ぶり、だい……すき、大好きな小官に、少佐の大きなお…ち…んちんをしゃぶらせてください……っ」

息もとぎれとぎれに、光明はようやく最後まで言葉を絞《しぼ》り出した。ものすごく時間がかかってしまったと思う。けれどもその間、土御門はいっそ優しくも見えるほどの眼差しで光明を見つめたまま、せかしもしなかった。

「……いい子だ、よく言えた」

「ああ……っ」

大きく押し広げられた脚の間を、土御門が貫《つらぬ》く。

「……っ、あ、なか、はいって……くる、きちゃう……！」

「嬉しいだろう？　どれだけでも、おしゃぶりさせてあげよう」

「……っ、ん……れし、い……うれしいです。おしゃぶり嬉しい……よぉ……」

奥までえぐられ、大きく揺さぶられながら、光明は嬌声《きょうせい》を上げる。自分がどれだけ淫らで、恥ずかしいことを口走っているかなんて、自覚はなかった。身も世もなく快楽に溺《おぼ》れる光明の姿を、土御門は満足げに見下ろしていたのだった。

その口唇に、優雅な微笑みを浮かべながら。

2

目の焦点《しょうてん》が、ゆっくりと合っていく。

光明は呆然《ぼうぜん》と天井を眺めた。

土御門の肩越しに。

光明と違い、佐官《さかん》の白地の制服がまぶしい。『常磐』独自の、誉《ほま》れの軍服だ。その軍服をきちんと着こなしたまま、土御門は光明の髪を撫でていた。

光明をさんざん弄んだ、その手で。

最初はぼんやりと指の動きを感じていた光明だが、やがて我にかえった。

そのとたん、このまま消えてなくなりたいような気分になった。

光明は、憎い男の腕を思いっきり払う。

「離せ！」

上官だろうがなんだろうが、知るものか。

土御門は特に抵抗なく、光明の体の上から退く。

起き上がろうとした光明だが、失敗した。腰に、まったく力が入らない。

土御門は、優美にも意地悪くも見える表情になる。

「急に動かないほうがいい。ものすごい乱れっぷりだったからな。あれほどよがっていては、力も入らないんだろう」

「……最低だ……！」

悔し涙を浮かべ、光明は土御門を睨みつけた。

もともと、苦手な上官だった。

そして、今は大嫌いだ！

いつのまにか身なりを整えている土御門と違い、光明は軍服の胸を切り裂かれ、下肢はむき出しになっている。あまりの恥ずかしさに、光明はさっと両膝を曲げて座り込んだ。

「……すまなかった」

ぽつりと、土御門が呟く。

「え……？」

光明は驚いて、思わず彼を見上げた。

気品のある面差《おもざ》しをした土御門は、光明と視線が合った途端、その薄い口唇の端を釣り上げた。

「記念すべき初夜だというのに、色気がない場所だったたな」

「言い残すことはそれだけですか！」

土御門なんかに、人並みの謝罪を期待した光明が馬鹿だった。思わず、手近にあった軍刀をひっつかみ、抜いた。

「うおっ？」

間抜けな声が漏れる。手にした軍刀は、自分のものよりもずっと重い。殺傷能力が高そうなこれは、土御門のものだ。

「下半身もむき出しの淫らな格好で、そんな勇《いさ》ましいことをされてしまうと、ますますそそられるよ」

にやりと笑った土御門は、光明の刀を抜いた。目にも止まらない素早さ。そして彼は、光明の喉元に刀の切っ先を押しつけてきた。

「扱いなれないものを、振り回したりしないように。危ないからな」

「……俺を、どうする気だ！」

ここまで来たら、部下も上官もない。刃のきらめきに引き気味になりながらも、光明は、きっと土御門を睨みつけた。

「どうって……。とりあえず、食事でもしに行こうか。小腹が空《す》いたからね」

光明が軍刀を手放すと、土御門もようやく刀を引いてくれた。

そして、この上もなく甘ったるく微笑む。

「ひとつ、私は勘違いしていたな。君は、今日の今日まで男に抱かれたことはなかった。そうだろう?」

「……それ、は……」

「大人になるのを待っている間に、てっきり、他の男に開発されてしまったのかと思ったが……」

頭に血が上ってしまっただとかなんとか、土御門は口の中で思わせぶりに呟いている。

しかし、光明の頭には彼の言葉なんて入ってこない。

男どころか、女性とも体を重ねたことがないだなんて、口が裂けても言うもんか。

(弱みを突かれた挙げ句に、先輩に襲われかけたなんてさ……)

「お赤飯《せきはん》で、お祝いしてあげよう。君は少し、ここで待っていなさい」

「お断りです!」

光明は、つんと顔を背《そむ》ける。何がお赤飯だ。

「そんな魅力的な格好で、宮中をうろうろできないだろう?」

一から十まで土御門の命令なんかに従《したが》いたくない光明だが、たしかにこの姿のままでは外に出られない。

こんな、陵辱されてしまって汚れた……と、思ったら、汚れていない。

(……あれ? 肌が綺麗になっているのはどうしてだろう)

体液まみれになっているはずの下肢は、清められていたようだ。

まさか、土御門が？

彼が、他人の体を清めるとは思えないのに。さんざん玩具にしたあと、お堀に捨てに行きそうな性格に見える。

（俺が、無意識で体を拭いた……わけないか）

釈然《しゃくぜん》としない。本当に土御門が、体を綺麗にしてくれたのだろうか。けれども、たとえそうだとしたって、礼を言う気にもなれなかった。

俯《うつむ》いたまま黙り込んだ光明になにを思ったのか、土御門は光明の顎を摘み上げ、顔を覗き込んできた。

「心配することはない」

「……今、この場であなたと一緒にいることが、俺の一番の心配です」

土御門は、光明の言葉を右から左へと流したようだ。

彼は極上の笑みを浮かべた。

「責任は取ってあげるよ」

（責任って？）

光明は、ぽかんと土御門を見上げる。

光明を弄び、陵辱した上官は、わざとらしいくらい恭《うやうや》しく腰を折り、光明の前で頭を下げた。

そして、床についていた光明の手を取り、甲《こう》に口づける。

「責任をもって、今後とも君で遊びつづけるよ」

頭の中が、文字通り真っ白になってしまった。

(遊ぶ、って……?)

その場違いなくらい軽い言葉が、光明の脳で理解されるまでにしばらく時間がかかった。

(俺は、力ずくで辱められて、すごく怒っていて……傷ついていて。その俺に対して、責任を取る方法ってのが、「今後とも遊ぶ」って……ありなのか、それは?)

もちろん、なしだろう。普通は。

「少佐! いい加減にしてください。俺をからかうのが、そんなに楽しいんですか?」

光明は、土御門に食ってかかった。

「あんなふうに人を辱めておいて、よくそんなこと言えますね。悪いと思っていないんですか?」

「悪いと思って欲しいのか?」

土御門は、小さく首を傾げた。

「あったりまえです!」

光明は、両手で握り拳《こぶし》を作って力説する。どうしてこんなことを、陵辱した当の相手に

力説しなくてはいけないのか。

我にかえってみれば、自分が滑稽《こっけい》でしかないことに気づく。そういえば、目の前の土御門の表情が笑みを含んでいるように見えるけれども、そのせいなのだろうか……。

(俺、馬鹿みたいだ……。こんなことだから、きっとからかわれるんだな)

怒りというよりも、力が抜けてしまう。

とことん、小馬鹿にされ、弄ばれていることに気づいて。

正直なところ、犯されてしまった衝撃よりも、そのことによほど心が傷ついている。一人の人間として、まともに相手にしてもらえていないから。ちゃんと見てもらえていないことに、気づいたから。

もしも土御門が光明に真剣に懸想《けそう》していて、そのせいで暴走したというのであれば、まだ光明も救われるのに……。

(俺は、土御門少佐に玩具にされたんだ)

しみじみと、現実を噛みしめる。

悔しいから、土御門から視線をそらしはしない。

けれども、きっと光明の目の光は、どんどん弱くなっていることだろう。

なんだか、いまさらのように泣けてきた。

光明は、表情が変わってしまわないように、必死に努力した。懸命に、顔を上げ続ける。

「……君は、いつでも真っ直ぐにぶつかってくるんだな。それが、どんな相手であれ」

笑みを含んでいた土御門の声が、ふいに真摯《しんし》なものになる。

光明が驚いて顔を上げると、彼は驚くほど真剣な表情になっていた。

任務で護衛についているときだって、これほどの顔はしないような気がする。

いったい、どうして？

初めて見る土御門の表情に、光明は目を奪われてしまった。

小さく首を傾げると、土御門はさっと立ち上がる。

淫らな陵辱のかぎりを尽くした男とは思えない、美々《びび》しくあでやかな軍服姿だ。

「とにかく、君のために着替えを調達してこよう」

「少佐……」

「それから……。責任を取るという言葉に、偽りはない。責任を取って、これからも私が君の面倒を見る。君が嫌がっても、常に身辺に置いて、いろんなものを見せてあげよう」

(それ、単なる嫌がらせじゃん。責任取ることになってないし)

さっきの真剣な表情は、いったいなんだったのか。

光明は、眉間《みけん》に皺《しわ》を寄せた。

また、からかわれただけなのか。

それにしては真剣だった気がするのに……。

わけがわからない。

「……できれば、もう二人っきりになりたくないんですけど」

光明は、つい本音をこぼしてしまった。

「遠慮することはない。付きっきりで世話をして、構ってあげるよ」

「遠慮したいです」

「責任を取らせなさい。……もし、傷物にされたことに対して異議申し立てがあるならば、私が男爵にお願いして、君を我が家の養子に……」

「それ、どういう責任の取り方ですか」

これ以上、土御門につきあっていられない。会話を打ち切るように、光明はそっぽを向いた。

「それよりも、早く服を持ってきてください」

「今のは本気だったんだが」

「なんでもいいから、とにかく着替えを！」

土御門はくすくす笑いながら、ようやく部屋を出ていった。

(なんだよ、あの人はいったい……)

土御門が出ていった途端、光明の肩はがくりと下がる。

力が抜けた。

さすがに、彼が傍にいたときは緊張していたようだ。

(俺、陵辱されたんだ……。普通、もうちょっと傷ついていてもいいような気がするけれども……。怒っていいはずなのに、あの人はそれもさせてくれなかったな)

もっとも、めそめそと純潔を奪われた感傷《かんしょう》に浸《ひた》るはめになったら、それはそれで光明はそんな自分自身を疎《うと》んだだろう。

だから、これでよかったのかもしれない。

(でも、少佐とは、もう二人っきりになるもんか)

光明は、心の中で強く誓う。

たしかに、気持ちよかった。

ものすごく乱れて、感じて、あんなふうに淫らになって。

しかし、どれだけ気持ちよかろうと、玩具みたいに弄ばれるのはもうごめんだった。

弱い場所を手玉にとられて、遊び道具みたいに辱められたのだ。

光明にだって、誇りはある。あんな扱いを受けたからといって、それは光明の人間としての価値が下がるわけではない。尊厳が傷つけられたなどと思うものかと、必死に自分に言い聞かせたとしても、打ちのめされていることには変わりなかった。

土御門は、どう考えてもふざけているようにしか見えないし、これでは光明があまりにも惨めだ。

『常磐』の隊長である剣持《けんもち》に頼んで、仕事を教えてもらう上官を変えてもらおうか。

光明は、真剣に悩みはじめた。

# 3

けれども結局、元の木阿弥《もくあみ》。

（だって、これで剣持中佐に「土御門少佐とやっていけません」って言うのは、負けた気がするんだよな……）

勝負でもなんでもないはずだが、光明は少し意固地になっていたのかもしれない。結局、剣持に、土御門とやっていけないということを直訴《じきそ》しないままだ。

（父上も、男は家の外に出たら七人の敵がいるのだとおっしゃっていたし、土御門少佐一人を御《ぎょ》し得ないようでは、俺はきっと大物になれない。いや、そもそも大物になりたいというのが間違っているのかもしれないけど、志《こころざし》は高く……）

思考が迷走して、光明も自分が何を考えているのか、よくわからなくなっている。だが、このまま土御門を避《さ》けたら、しっぽを巻いて逃げ出したような気がしてしまいそうで、それは止めたかった。

とにかく、光明は今までどおり、土御門の任務に同行しているわけだ。

今日の任務は、『常磐』の主任務である護衛。この国の次代を担《にな》う御子をお生みになった御息所《みやすんどころ》が、久しぶりに宮中に参内《さんだい》するのだ。

しかしながら、彼女が生母であることは、御子にも伏せられている。

なぜならば、主上には聡明《そうめい》なお后《きさき》がいらっしゃって、その方が公式には御子の母上ということになっているからだ。高貴な身分の人間には、よくあることだった。

御息所は正式な妻ではなく、主上に寵愛《ちょうあい》された女性たちのお一人という扱いになる。

御息所は自分の立場をわきまえ、決して御子にお会いすることはない。けれども、我が子の顔を遠くから眺めることだけは許されているし、主上の寵愛は厚く、療養先の葉山《はやま》から、たまにこうして御所に上がるわけだ。

（それにしても、父上は時折、「光明が女だったら、雲の上に女官として出仕させて、運がよければ主上のお手つきになれるかもしれないのに……」って野望を燃やしてたけれども、そうなったらすごいたいへんだった気がする。だって、御息所だって、決して身分低いわけじゃないよ。お兄上さまは、伯爵だよ。それなのに、こうして日陰の身でいらっしゃるんだ。うちなんて、いくら本家が侯爵家だっていっても、分家の男爵家じゃん。どーすんの）

御息所の馬車を土御門と挟《はさ》むように並んで、馬を歩かせながら、光明は考える。

側室《そくしつ》という制度は、日本国内においてはあたり前のものだった。ついこの間まで、法律で権妻《ごんさい》と呼ばれる人たちの身分も保障されていたくらいだ。要するに、妾《めかけ》も本妻と同じように、二親等として扱っていいということになっていたのだ。

しかし、西洋の文化が入ってきている昨今では、側室制度には国外からの風あたりが厳しいらしい。御息所がひっそりと暮らしているのは、お子を産めない雲の上のお后へのはばかりの他にも、諸外国への気遣いもあるかもしれない。

しかし、いくら御息所が表に出ない存在でも、未来の国母ということであれば、不逞《ふてい》の輩《やから》に狙われるかもしれない。なによりも、御息所への主上の寵愛は「理もあらず」と言われるほど深いものであり、主上に侍《はべ》る女性たちの園、後宮内の秩序《ちつじょ》を乱した行為でもあったという。

そのため、御息所と御子を巡っては、後宮の女性たち、そしてその背後にいる華族たちの中で、あれこれと策謀《さくぼう》が巡らされている。

ただでさえ、宮中内の権力闘争では、どの女性が御子を産むかということが、最も重きを置かれる。それは、後宮というものができたときから、変わらない。主上の寵愛を受けた女性たちが流産させられたり、せっかく生まれた御子が不自然な亡くなり方をしたりするという物騒《ぶっそう》な話は、表に出ないだけで枚挙《まいきょ》にいとまがない。

だから、『常磐』が作られた。

「……い、高瀬少尉！」

厳しい声で名前を呼ばれ、はっと光明は我にかえった。

声のほうを振りかえると、馴れた手綱《たづな》さばきで土御門が近づいてくる。

「護衛任務中に上の空とは、いただけないな」

やんわりと叱責《しっせき》され、光明は青ざめる。

しまった、よそ事を考えていた……。

「……失礼しました」

光明は、小さく頭を下げる。

土御門との関係がどうであれ、仕事は仕事。彼は上官だから、光明は素直に謝《あやま》る。

「素直だな」

土御門は、小さく笑った。

「褒美《ほうび》に、接吻してあげようか」

「いりません」

光明はきっぱりと断ると、御息所の乗る馬車を見据えた。

「少佐も、所定の位置に戻ってはいかがですか」

「……そうしよう」

土御門は、乗馬も上手い。可愛がっている栗毛《くりげ》の馬をあやすように手綱を鳴らすと、先頭に戻っていく。

(それにしても、なんで俺が気をそらしてるってわかったんだ?　あの人、背中に目でもついてるのか……?)

光明は、溜息をつく。

土御門のことは苦手だ。そして、この間、陵辱されて以来、嫌いな相手として光明の心の中での地位はいっそう降格した。

それでも、仕事中の彼の視野の広さ、気の配り方には舌をまくしかない。

それに、剣術はもちろん、乗馬だって、光明は土御門には負けている。

(どうせ離してくれないなら、とことんひっついて、少佐の仕事ぶりを観察しよう。できるところは、真似してやる)

そうして研鑽《けんさん》を積めば、いつか土御門も、光明を認めてくれるだろうか?

光明は心の中で、ひっそりと誓いを立てた。

いつか、彼に玩具扱いをされないような、ひとかどの人物になってやる。

それが、光明の出した結論だった。

このまま、ていのいい玩具として終わりたくない。

土御門に、人間として認めさせてやる……。

勢いあまって畳《たたみ》につんのめった光明の頭上から、静かな声が降ってきた。

「勝負あったな」

悔しさをこらえながら視線を上げれば、そこにいたのはいけすかない上官。彼は木刀を下ろし、乱れた髪を気取った手つきで掻き上げた。

光明は、木刀を杖《つえ》にするようにして立ち上がる。

光明たちの任務は護衛が主だ。今日は、御息所を御所に送り届けたあとは自由時間になっていた。それで、近衛隊の持っている柔剣道場まできて、土御門に稽古《けいこ》をつけてもらっているのだ。

土御門は、北辰《ほくしん》一刀流の免許皆伝《めんきよかいでん》だけあって、剣術の達人だ。嫌いな彼に教えを請《こ》うのは不本意だが、剣術の腕を上げるには打ってつけの先生なのだ。

袴《はかま》に着替えた彼の立ち姿は美しい。どちらかといえば洋風の服装が似合いそうな華やかな容姿だが、背筋が真っ直ぐに伸びているせいか、袴姿も映える。

しかし、さんざんこの上官に振り回されている光明は、いくら彼の容姿が優雅だからって、観賞する気にはなれなかった。ほんの一瞬だけ、目を奪われてしまったのも、秘密だ。

(……それにしても、どうして俺は勝てないんだ？)

さすがに、乱稽古を何度も繰り返しているせいで、足腰ががたついている。光明は呼吸も荒くなってしまっているし、立ち上がるのも一苦労だ。

対して、土御門は涼《すず》しい顔をしていた。多少、襟元《えりもと》のあわせが乱れていたけれども、あとは着崩れもしていない。

動きまわりすぎて、袴の帯が解《ほど》けかけている光明とは、正反対だ。

(体力の化け物か？)

それとも、光明があまりにも容易《たやす》い相手だから、体力も削《そ》がれないということだろうか。

(腹が立つ……！　でも、さっきから一本もとれてないのは事実だしな。少佐にとっては、俺なんて、本気で相手するような人間ではないのか……)

さんざん体を弄ばれてしまったように。

(悔しい)

立ち上がった光明は着崩れを直し、気合いを入れるように木刀を横に払った。

そしてあらためて、土御門に対して構える。

「もう一本、お願いします」

「……まだやるのかね」

からかうような口調だが、土御門は木刀を構えてくれた。

免許皆伝の腕前とはいえ、油断をすれば怪我をすることはわかっているのだろう。構えた瞬間、土御門がすっと木刀に意識を集中したのがわかる。

光明は木刀を振り上げ、土御門に打ち込みをかけた。

——けれども、結局勝てないわけで。

(さすがに、バテた……かも)

畳の上に大の字になりかけた光明だが、小さく頭を振るう。まだまだ、いけるはずだ。

それに、気持ちの面でまで負けたら、本当におしまいだ。

(ていうか、負けっぱなしで終わりたくないし!)

土御門が華族だてらに北辰一刀流の使い手だというなら、光明は薩摩示現流《さつまじげんりゅう》でも会得《えとく》するというのはどうだろう。一撃必殺。しかし、あの振り下ろす瞬間の奇声は、いくら気合いを入れるためとはいえ、照れがあるかも……。

土御門は長身を屈《かが》め、うずくまってぐるぐる考え込んでいた光明の表情を覗き込んできた。

「君は負けず嫌いだな」

呆《あき》れているというよりは、からかう口ぶりだ。

「いけませんか?」

「いや……。面白いと思ってね。君の家は武家華族でもないし、私に負けっぱなしでも、恥じることもあるまい。何もむきになって、挑戦してくることはないだろうに」

「……あいにく、華族とはいえ末席の出身ですし、雑草根性が身に付いているんですよ」

「実にいいね」

くすりと笑った土御門は、光明の傍らに膝をついた。

「それにしても、どうして君は、そんなにも私に対して必死なのかな」

「必死、って」

思いがけないことを言われて、光明は面食《めんく》らう。

（いきなり、なに言い出すんだよ）

光明はきちんと畳の上に正座すると、膝の上で拳を握り、土御門を睨み据えた。

「あなたに勝ちたいからです」

「そうか」

土御門もまた、光明と向き合うように正座をする。

「しかし、どうしてかな？　君は私と二人っきりになりたくないと言うくせに、こんなふうに勝負を挑《いど》んでくる」

「だって、負けっぱなしじゃ悔しいじゃないですか。あなたは俺の教育係なんだから、避けていては向上できない」

打ち負かしたい男に、教えを請うことは悔しい。

けれども、相手のすごさを認めることができず、ただ避けてばかりいるのは、もっと悔しいし、みっともないことだ。

(俺はどうせ、意地っ張りな負けず嫌いだからさ……)

土御門は、目を細めた。

「君は、綺麗だな」

「……は?」

光明は身構える。また何を言い出したのだろうか、この上官は。

「いや、顔の話じゃない。そういうふうだから、私はきっと」

土御門はくっと笑うが、それ以上は何も言おうとしなかった。

奇妙な沈黙が、辺りに流れる。

土御門は、ただ楽しそうにしていた。

一方、光明はというと。

(……なんか、気まずい)

ちらちらと、土御門を気にして、視線を動かしてしまう。

(そういえば、俺はどうして、こんな人にこだわってるのかな……)

思えば、隊長である剣持に配置換えを頼もうと思ったとき、それを実行していればよかった。そうしたら、むきになって、彼に突っかかるようなこともなかった。こんなふうに、さんざん負けて悔しい思いをすることも。

けれども、配置換えなんかになったら、それこそ光明は土御門に認めてもらえないままで終わってしまいそうだ。それは嫌だった。

土御門に認めてほしいという想いは強くて、切実なものだった。

けれども、どうして？

光明は、我ながら不思議になってきた。

（どうして、この人に認めてもらいたいんだろう。どうして、からかわれて、弄ばれることが、悔しいばっかかなのかな……）

ただ、土御門を軽蔑《けいべつ》するということにならないのか。

いくら考えようとしても、当の土御門が傍にいるので気もそぞろだ。こうしてじっと座っていると、居心地悪いいし、落ち着かないし……。だいたい、考えたって答えは出ないような気もした。

そして結局、光明は木刀を摑んでしまうのだ。

「少佐、もう一本お願いします」

「少尉……。動きすぎると、体力を消耗しすぎて吐いてしまうよ。ただでさえ、君は無駄な動きが多い。……何につけても」

土御門は、案外光明のことをよく見ていた。

「だから俺は、あなたに勝てないんでしょうか」

「いやいや、元気があってよろしい」

「……へ？」

土御門が、光明を抱き寄せたのは、まさに不意打ちだった。

気がつけば、光明の体はひっくり返り——思えば、柔術《じゅうじゅつ》の受け身をとらされたような気がする——土御門の肩越しに道場の天井を見上げていた。

「何をするんですか！」

「元気のいい君に、ご褒美を」

「いりません！」

「では、元気のいい君に稽古をつけている私に、褒美をもらえるだろうか」

土御門はにこやかに微笑むと、光明の顎を捉える。

「やめ……っ」

光明は慌てて、土御門の体を押し返そうとした。

いくらなんでも、接吻はまずい！

「これは駄目です。やめてください。だいたい、ここをどこだと思っているんですか！」

「道場だね」

しれっとした顔で、土御門は答える。

「誰が来るかもわからないのに……っ」

光明は必死だった。

土御門には、体の弱い部分を余すところなく知られている。

また口唇を奪われたら、光明は抵抗できなくなる。そして、きっと弄ばれてしまうのだ。

まるで、玩具みたいに。

「誰も来ない。……私が、そう命じてあるからね」

「最初から、そのつもりだったんですね！」

親切にも稽古につきあってくれたのだと思っていたが、やはり下心があったのか。なんてことだろう。悔しい。悔しくて……泣けてきた。

光明は眉間に皺を寄せ、涙がぽろりとこぼれるのを、抑えようとする。

「私は聖人君子ではないからね。好機は逃がさないよ」

「好機って」

「もちろん、君を」

弄ぶ機会を、とでも言うつもりだったのだろうか。

しかし、続く言葉は聞けなかった。

嫌がる光明を力でねじふせ、土御門は深く口唇を重ねてきたからだ。

（しまった……！）

光明は臍《ほぞ》を噛む。

口唇には、ぴったりと土御門の口唇が覆い被さってきていた。薄くて、品がある、いかにも華族という雰囲気の口元。しかしながら、その口唇は巧みに光明を翻弄《ほんろう》するのだ。捕食のために。

（このままじゃ、まずい……）

光明は焦《あせ》りを感じていた。

光明は土御門に、最大の弱点を知られている。

口腔の粘膜を少し刺激されるだけで感じてしまうという、情けなくて誰にも相談できない性癖を！

（……また俺を弄ぶつもりなのか……!?）

口腔にまで進入されないように、光明は躍起《やっき》になって口唇を噛む。

ただ口唇の表面をなぞられるだけでも相当くすぐったいのだが、それでも口の中の粘膜を直にいたぶられるよりはマシだった。その場所を虐められることで、体の芯からぐずぐずに溶けていってしまう、あの感覚は独特のものだ。

根性悪の上司は、光明の秘密を知って、思う存分嬲って楽しむつもりなのだ。猫が、鼠《ねずみ》を弄ぶように。

(いや、猫と鼠の関係のほうがまだマシだ……。だって、窮鼠猫《きゅうそ》を嚙むって言うじゃん。でも俺は……)

口を責められたら、もう手も足も出なくなる。抵抗することもできず、土御門を悦ばせるための玩具になってしまうのだ。

(これ以上、少佐の思いどおりになってたまるか……!)

光明は、かたく心に誓う。

土御門は、光明の一番弱い場所を狙ってきていた。口唇を重ね、中に入りこもうとしている。こうなったら、我慢比べだ。土御門が粘《ねば》り勝つか、光明が拒みきるか。

(負けるもんか)

光明は口唇を引き結び、土御門の体を引きはがそうとする。ところが、土御門はしぶとかった。光明の顎を摑み、そろりと口唇を左右に動かした。

「……っ」

薄い皮膚同士がこすれて、ぶるりと光明は震えた。くすぐったさのあまり、閉ざしていた口唇が綻びそうになる。

強引に攻めるだけではなく、柔らかに懐柔《かいじゅう》しようとするのか。その手に乗るもんか、と光明は思う。

しかし、呼吸はどんどん苦しくなってきた。鼻だけでは限界があって、土御門にのしかからられている光明の胸元の上下は荒くなってしまう。

土御門は、涼しい顔だ。

彼は光明の顎を捉えたまま、いろいろな角度で口唇を重ねてきていた。まるで、何か試《ため》しているかのように。余裕の態度だ。

(この……っ!)

息苦しさのあまり涙目になりながら、光明は土御門を睨みつける。すると、視線が合ったとたん、土御門はにやりと口唇の端を上げた。

わかっていたが、完全に面白がっている。あまりの悔しさに声が漏れそうになるが、ここが我慢のしどころだと、光明は口を噤んだ。

土御門の口唇は冷ややかなのだが、こうして口唇をくっつけあっているせいか、どんどん光明からぬくもりが移っていく。溶け合う。そのうち、触れている薄い皮膚の境がわからなくなってしまいそうだ。

どれくらい、そうして口唇を重ねあっていただろうか。

土御門の切れ長の瞳に、楽しげな光が躍《おど》る。

そして彼は、唐突に光明の鼻を摘んだ。

「……っ!」

いきなり呼吸が塞がれ、光明は顔を真っ赤にする。呼吸が苦しい。頭の芯が痺れて、ぼーっとして……。

「……っ、ぷは！」

光明はとうとう、苦しさのあまり口を開けてしまった。

（しまった……！）

慌てて口を噤んでも、もう遅い。土御門が、見逃してくれるはずもなく、彼の舌が光明の口腔に入り込んでくる。

ぬるりとした、その感触に、光明は全身総毛立った。

震え上がった拍子に、喉が鳴る。

「……っ、ぐ……う……」

第一の砦《とりで》を攻略した土御門は、容赦なかった。上顎や下顎、そして歯茎の内側、歯の付け根などまで丹念に舐めて、光明がひときわ苦しげに眉を寄せると、そこを徹底的に責める。光明が顔を動かせないよう、顎を摘み、頭にも手を添えて。

（……どうしよう……）

身じろぎしても、土御門が逃してくれるはずもない。光明はただ、貪られ続ける。

「……ふ……く……ん……」

唾液が溢れ、口腔からいやらしい音が漏れはじめる。くちゅくちゅと舌を吸われ、溢れた唾液は喉奥に流し込まれた。

土御門と、光明のものが混ざりあいながら、光明の体内に落ちていく。

ねっとりしたものが柔らかな粘膜を辿る感覚は、たとえようもなく気持ちよかった。

光明は、土御門の射精を肉筒に浴びたときのことを思い出してしまう。

その途端、光明の全身は震えた。

(まずい……!)

下半身が疼くような熱を帯びたことに気づき、光明は青ざめた。

袴の下で、光明の体が目覚める。乳首と性器は両方とも勃起《ぼっき》し、袴の布地とこすれて、光明を苦しめる。

(触られてもないのに)

光明は、疼きを抑えようとする。しかし、意識すればするほど、性器は敏感《びんかん》になる。ねっとりと先端に蜜を滲ませ、下着を濡らしはじめたのがわかった。

「……っ、ふ……ぁ………」

喉奥を犯され、意識が掠れていく。土御門の口づけは、それほどよかった。いくら口の中が弱いとはいえ、ここまで感じてしまうのは初めてだった。士官学校時代に襲われたときには、なんとか逃れられる程度の理性は残っていたのに。

(……少佐の接吻は……悪いまじないみたいだ……)

光明のまなじりに、透明の雫が浮かぶ。

悔しさと快感とがないまぜになった涙だった。

しかし、陵辱はそれだけでは終わらない。

「感じているな」

「ああっ！」

ふいに口唇を離した土御門は、呼吸がかかるほどの距離で、光明のはしたなさを指摘した。そして、太ももで光明の股間を押さえ込む。

「……ずいぶん感じやすい。もうこんなにして……」

「いや……だ…」

また性器を虐められるのだろうか。光明が音を上げ、身も世もなく快楽にもだえて、土御門を欲しがるまで。

責め苦に似た快楽を思い出し、光明の胸の鼓動は激しくなる。その快楽は忌まわしいもののはずなのに、なぜか体は熱くなった。

しかし土御門は、それ以上性器を弄ったりしなかった。太ももで押さえたままではあるが、動かない。

かわりに、口づけがさらに濃密になる。

「……ふ…くぅ……ん……」

光明の鼻からは、甘えたような声が漏れた。

いまや光明の口腔は、土御門の舌を受け入れるために存在する、濡れた孔のようなものだった。彼の舌でいっぱい虐められ、ぬるぬるになっている。理性が失せるほどの快楽が、光明を包んだ。

（だめ……だ……）

性器が、ひときわ大きくなる。土御門の鍛《きた》えられた太ももを、押し上げるように。体がいかに密着しているかを、そこで意識させられる。

（……いや……やだ、やだ………！）

声にならない声は、全部土御門に奪われていく。呼吸ごと。

（いや……！）

喉の奥で拒絶の声を上げながら、光明はとうとう達してしまった。まともに弄ってももらえなかったのに、口腔だけで達してしまったのだ。

全身から力が抜ける。

光明は呆然と、道場の天井を見上げた。

「……達したな」

土御門が、わずかに口唇を浮かせた。

絡《から》みあった唾液が、光明と彼の間で糸を引く。その生々しさに耐えられなくて、光明は目を瞑った。

「しめっている。まるで、お漏らししたようだね」

「やめろ……！」

からかうように太ももを動かされ、光明は声を上げた。悔しさのあまり、ぽろぽろと涙が溢れてくる。

土御門に指摘されるまでもなく、自分の体の状態はわかっている。下肢は、精液で濡れていて、きっと袴の表まで染《し》みてきてしまっているのだ。こんな状態では、道場から出ることもできない。

「そんなに泣くことはないだろう？　いい子にしていれば、君の着替えは私が用意してあげよう」

土御門の長い指が、光明の細い髪の毛を撫でる。小さな子供を、宥《なだ》めるように。

けれども、そんなことをされたって、光明の悔しさは収まらない。

「……最低だ、こんな……こと…」

また弄ばれてしまった。口腔が感じやすいという、光明の破廉恥な性質は、土御門にとってそんなに面白いのだろうか。彼の執拗さは、珍しい玩具を与えられたときの子供の態度にも似ている。

「気持ちよかっただろう？」

土御門はにやりと笑うと、光明の袴の帯をひもときはじめた。

「やめ……っ」

「もう君は、射精しただけでは満足できないはずだ」

「……あ…っ！」

まだ達したばかりの性器を直に摑まれて、光明は息を呑んだ。

土御門は素早く、光明の肌へと触れてくる。

「……中で射精されなくては、収まらないだろう？」

土御門はほくそ笑む。

露骨《ろこつ》な言葉遣いに、光明は身震いする。そして同時に、土御門の手で散らされた後孔が疼くのを感じ、絶望的な気分になった。


「……っ…ん、ふ…ぅ………」

ねじ込まれた土御門の指を、光明はくちゅくちゅと吸っていた。

その濡れた音に負けないくらい、下肢からも淫らな音が聞こえてくる。

口腔への辱めだけで達したあと、光明は土御門に貫かれていた。体の内側の弱い粘膜を手玉にとられて、光明の中でなにかが壊れてしまったのかもしれない。今の光明は、もう、快楽を追うことしか考えられなかった。

「美味しそうだな」

「……ん……」

赤ん坊のように指を吸い続けたまま、光明はとろんとした瞳を土御門に向ける。

「口だけではなくて、こちらも」

「んんっ！」

繋がった腰をいきなり打ち付けられ、光明は大きく背中をしならせた。

袴はかろうじて体に引っかかっているだけの状態で、光明は土御門に犯されていた。下肢からも、口腔からも、淫らな水音が漏れ続けている。

（……きもちよく…て、なにも考えられない……っ）

もう、意地もなにもない。

光明ができるのは、津波のように押し寄せ、理性をさらう快楽に身を任せることだけだった。

「君は、ずいぶん無防備な表情をするな。……幼い頃のように」

なにがおかしいのか、土御門がくすりと笑う。そして彼は、光明が一生懸命頑張っていた長い指を、するりと引き抜いてしまった。

「あ……」

光明は思わず、名残惜しげに甘い声を漏らす。

物欲しげに半開きになった口唇に、土御門は顔を寄せてきた。

「口寂しい？」

いたずらっぽく囁く彼は、ゆっくりと口唇を近づけてくる。

「今度は、違うものをあげよう」

「ん……」

口唇が重なり、土御門の舌が入り込んできた。

ちゅくちゅくと、光明が無心に土御門の舌を吸うのに合わせて、体内の土御門が大きくなる。そして、繋がった腰が大きく揺さぶられ、光明は快楽に浸りきった体を土御門に翻弄されたのだった。


はっと我にかえったときには、乱れた袴は元通りに直されていた。

「あ……れ…？」

何度か瞬《また》きをした光明は、はっと気づく。

（なんか、頭の下にあたたかいものが……？）

おそるおそる視線を動かし、見上げてみれば、光明の表情を覗き込む土御門と目が合った。

「少佐……!?」

光明は驚いて起き上がる。その途端、腰に鈍い痛みが走った。

「いて……っ」

畳にしりもちをついた光明は、二重の痛みを感じた。

(俺、また少佐の玩具にされたんだ)

悔しくて仕方がなかった。土御門に自分の存在を認めさせてやろうとがんばっているつもりだが、ますます玩具扱いされていないか？

「急に動くからだよ」

土御門は、しれっとした表情で笑う。そして、とんでもないことを言い出した。

「それに、元気に動きまわらないほうがいい。……下着は処分させてもらったから」

「え……っ」

光明は蒼白になる。

(そういえば、なんだかすうすうしてるような!?)

「な、なに考えているんですか……！」

「汚れてしまったようだから、処分してあげたんだよ」

土御門は悪びれないが、光明は首筋まで赤くなる。

このまま家に帰るにしても、軍服に一度着替えなくてはいけない。帰宅まで、下着なしでいろっていうのか？

（やっぱり、袴の下に下着なんてつけるんじゃなかった……）

相手が土御門ということで、なんとなく身構えてしまった。それで、つい下着をつけていたのだけれども、結局は警戒していたような目に遭って入れば世話はない。

しかも、下着を取り上げられてしまうなんて！

「替えの下着が欲しいかね？」

「当たり前です！」

「では、私に接吻しなさい」

「……は？」

「君から、私に接吻してほしい」

にっこりと、土御門は微笑む。

「そもそも、少佐が俺の下着を取り上げたんじゃないですか！　それなのにどうして……」

口づけたら、また弄ばれてしまう。

光明は必死で抵抗した。

「嫌かね？」

「……下着なしで帰ったほうがましです」

「君のように淫らな体の持ち主が、あの軍服の固い布地と性器が擦れてしまうことに、我慢ができるとは思えないが……」

土御門は小さく首を傾げる。

光明は、かっと頰を染めた。

確かに、性器と布地が直接擦れたら、困ったことになりそうだ。

でも、それは光明が淫らなわけじゃなくて、男ならば当たり前の生理的反応で……。

光明は渋い表情になる。

「欲しいだろう、下着」

「……少佐は、そんなに俺を困らせるのが楽しいですか」

「困らせてないよ」

「今この状況が、困らせてると言うんです！」

「それは違うな、高瀬少尉」

土御門は、綺麗な笑顔になった。

「私は、君を虐めているんだよ」

涼しい表情で、いったい土御門は何を言うのか。

（なお悪い……！）

光明は、土御門を睨みつける。

「に、日本男児が、いい大人が、虐めなんて格好悪いと思いませんか？」

「大人だからこその、虐めだよ」

光明の頬に、土御門は手を伸ばしてきた。

「あ……」

「怖いかね？」

挑発するような問いに、光明は首を横に振った。

「怖くないです。あなたを、最低だと思うだけです」

「最低、か。それでもいい。……君が接吻をしてくれれば」

「何考えているんですか、本当に……」

光明は、がっくりとうなだれる。

土御門の考えていることが、ますますわからない。

けれども、このままでは下着を取り上げられたまま、うろうろすることになる。男子たるもの、それくらい我慢すればいいのかもしれないが、粗相《そそう》をしたら一生の恥だ。

（……犬に嚙まれたと思って……っ）

自分から土御門に触れるという行為には、ただ受身で快楽を与えられていたとき以上の屈辱を感じた。

それでも光明は、おそるおそる土御門に口唇を寄せる。

一瞬だけ触れて、離れようとしたが、土御門はそれを許してくれなかった。

「あ……っ」

光明は土御門の逞しい腕に抱きすくめられたまま、長く接吻を受ける羽目になる。

土御門は口腔には入り込んでこなかった。さんざん弄んで、気が済んだのかもしれない。

けれども、ただ触れているだけだというのに、光明の眼差しは潤んでしまう。自分の体が熱くなっているということに気づき、光明は衝撃を受けた。

(どうして?)

望んだ行為ではない。

弱い口の中を、手玉に取られたわけでもないのに……。

とまどいのあまり体を強張らせ、土御門を遠ざけようと腕を突っ張ろうとしたが、土御門は強引に腕の中へと光明を捕らえる。

「……ん……」

触れるだけの口づけは、長かった。

互いの口唇の温度が移り合い、同じになるまで、土御門の接吻は続いた。

(どうして、こんなことをするんだよ?　俺のことを、玩具にしているだけなのに。こんな……)

まるで、大事にされているみたい。

慈《いつく》しまれているような。

心地よさのあまり、体がふわふわしてくる。

(なんで俺は、こんなふうになってるんだよ……)

土御門のぬくもりに溺れまいとしているのに、どんどん体から力が抜けていってしまう。

やがて、腕の中に大人しく収まってしまった光明に、土御門は信じられないくらい優しく笑いかけてきた。

彼が耳元で何事か囁いたようだけれども、疲れと気持ちよさでうとうとしかけていた光明には、聞き取ることができなかった。


(なんか……。気まずくなってきた)

軍服をきっちり着込みながら、光明は俯いていた。土御門は家まで送ってくれるそうで、さっきから、光明が着替え終わるのを待っている。

袴姿も美々しかったが、もちろん軍服姿も美しい。

『常盤』の佐官は、白を基調にした軍服だ。土御門のほかには、隊長である剣持しか着ていない。黒を基調にしている光明たち尉官《いかん》とは違って、透徹《とうてつ》とした美しさがあった。たとえ、土御門が着ていたとしても。

光明の着替えは、なんとなくゆっくりしたものになっていた。時折、待っていてくれる土御門が気になって、ちらちらと視線を向けるほど、気がそぞろになっているせいかもしれない。

ただ弄ばれたあとよりも、光明はよほど居たたまれない気分だった。

接吻のせいだ。

土御門の腕に抱きかかえられ、いったいどれほどの間、口付けられていたのだろうか？

甘やかすように髪を梳《す》く指先も心地よくて、光明はそのまま眠ってしまったのだ。

(少佐みたいな危険人物の前で……。なんて恐ろしいことをしたんだろ、俺は)

我に返ってみれば、自分の警戒心のなさに愕然とするしかない。

(体だけじゃなくて、心を乱すことも、少佐は楽しんでいるのかな……？)

光明は、ぎゅっと口唇を噛みしめる。

胸が、ずきんと痛んだ。

向こうはすっかり遊びなのに、光明ばかり本気になっていて馬鹿みたいだ。

(……本気って)

その単語に、どきっとする。

（いや、だから、本気でむきになったり、腹立てたりってことで、決して本気で気持ちよくなっているとか、本気で、本気で――ええっと、そういうんじゃないんだけど！）

誰にともなく、光明は言いわけをしてしまう。

「高瀬少尉、着替えは終わったようだが……」

一人で百面相《ひゃくめんそう》をしている光明がおかしいのか、土御門は笑みを含んだ声で話しかけてくる。

「は、はい！」

光明は、上擦った声で返事をした。しかし、どうしても土御門を振り向くことができない。

「そろそろ、帰らないか？」

「……や、やっぱり一人で帰ります……！」

「遠慮することはない」

「そういうんじゃなくて……。少佐に親切にされるのは、怖いです！」

混乱している光明は、つい言わなくてもいいことまで言ってしまう。

「怖い？　下心がありそうで……ということかな」

土御門は、怒った様子もない。むしろ、楽しそうだった。

「もちろん、下心はあるよ」

「ええ……っ」

光明はびっくりして、土御門を振り返った。

この上、帰りの馬車の中でまで、土御門の玩具にされるのか？　そんなことになるくらいなら、光明は這いずってでも一人で帰る！

壁際まで後退した光明に対して、土御門は体を寄せてくる。

「しょ、少佐……！」

「私の下心はね」

「もう、いやらしいのは嫌だ……っ」

「おやおや、そんなことを期待されていたとは」

光明と口唇が触れ合いそうになる距離で、土御門は意地悪く口唇の端を吊り上げた。

「今週末に、重要な任務が入っている。そのときに、君をこき使おうという、下心だよ」

「へ？」

目を瞑りかけていた光明は、土御門の冷《さ》めた言葉に驚いて、目をぱちりと開ける。

「疲れを残してもらっては困るからね」

土御門は、軽く光明の口唇をついばむと、あっさりと体を離した。

「なんですか、それは……」

拍子抜けして、光明はずるずるとその場に座り込む。

決して、弄ばれたかったわけではないけれども――。

# 4

新入りの光明は、まだ華やかな場所での仕事に馴れていない。いつでもどこでも土御門と一緒、いざとなったら彼に尻拭いをしてもらわなくてはいけない立場だからだ。

ところがそんな光明に、思いがけない命令が下ったのは、柔剣道場で土御門に弄ばれた、三日後のことだった。

「小官が、舞踏会へ？」

光明は驚いて、思わず『常盤』の隊長である剣持に問い返してしまった。

「そのとおりです」

土御門と同じ、白を基調にした軍服に身を包んだ剣持は、静かに頷いた。

彼は、部下に対しても丁寧語を使う。

噂によると、剣持はもともと貧困階級の出身だそうだ。すらりと背が高く、顔立ちはまるで京人形のように整っており、物腰も美しく、教養深い軍人なので、とても生育環境が悪かったようには思えないのだが。

そんな剣持が、どうして華族階級出身の軍人を中心とした『常磐』の隊長を務めているかというと、もともと『常磐』を作った大物政治家、貴族院議員の山科克久《やましなかつひさ》が彼の後見人だからだ。口が悪い人は、剣持を「山科の操《あやつ》り人形」などと呼んでいる。

けれども、剣持は素知らぬ顔。逆に、その噂を利用して、軍部に睨みをきかせているようだ。剣持の言葉が山科公爵の言葉とあれば、逆らえる人間は主上くらいだった。

「最近、葉山のあたりの御方さまが、とりわけ気鬱《きうつ》になっていらっしゃるそうです。もともと丈夫な方ではありませんので、床に伏せることも多いとか」

なめらかな声で、剣持は説明してくれる。

葉山のあたり、というのは、常磐が大事にお守りしている御息所のことだ。

上流階級の間では、本人を直接指すような呼び方は、あまり行儀《ぎょうぎ》がよくないものとされている。とりわけ宮中に上がると、女性はまったく違う名前で呼ばれるようになる。男が、役職で呼ばれるように。

「床に伏せがちなのに、三日前から宮中に上がっていらっしゃるのですか?」

ご寵愛厚いということなのだろうが、愛されすぎるのもたいへんだ。

「気分転換になればという、主上のご叡慮《えいりょ》でしょう」

剣持は、憂《うれ》うような表情になる。

『常磐』には、篠のように華やかで女性的な美形もいるが、剣持の美しさはまた別種のものだった。どこか影を含んだような美貌の持ち主だ。憂愁《ゆうしゅう》に囚われた表情には、光明もどきどきしてしまうことがあった。

「御方さまをご心配されているのは、主上だけではありません。お兄上である伯爵も、いたくお心を痛めていらっしゃるとか……。それで、お気が紛《まぎ》れるようにと、舞踏会を開催することになったようですね。御方さまの具合もよくなっているそうで、お忍びをされるとのことです」

高貴な人々のことについて話をしているので、剣持は持って回ったような話し方をしている。

光明が俗っぽく解釈したところによると、「御息所は気分が沈みがちで、そのせいで体調を崩してしまいそうだから、そんな彼女を励《はげ》ますためににぎやかなことをしよう」と、いろんな人が気を遣っているということなんだろう。

身分が高い人たちにも、いろいろ思い煩《わずら》うことがあるのだ。

（後宮内でのお立場は不安定だし、御子のお体が弱いことが心配で、気鬱だって姉上たちがおっしゃっていたっけ。先にお産みになった御子たちが、次々と亡くなっているからなあ……）

今は子爵家に嫁《とつ》いでいる上の姉と、男爵家に嫁いだ下の姉が噂話をしていたことを、光明はふと思い出した。

「問題が起こらないよう、よろしくお願いします」

「はい」

光明はかかとをそろえて、直立不動になる。

そして、敬礼をしてから、剣持の前を辞した。

(はじめて、公《おおやけ》の場所での護衛だ……)

新しい仕事を与えられるのは嬉しいが、緊張もする。けれども、土御門が傍にいるかと思えば、少し気が楽になった。

(少佐は変態だけど、仕事はできるから)

そういえば、彼は週末に光明をこき使うと言っていた。つまり、あのときにはこのことを知っていたのだろう。彼は副官として、剣持の信任が厚いのだ。

三日前のことを思い出して、頬が火照ってしまう。光明は慌てて頭を振り、忌まわしい記憶を頭から追い出した。


「剣持隊長に呼ばれていただろう?」

馬場に顔を出そうとした光明は、土御門に捕まってしまった。思わず後ずさりしかける。

でも、あまりにも過剰反応してしまうのは癪《しゃく》で、なんとか踏みとどまった。

「な、なんの用ですか」

「つれないな、高瀬少尉。用がなくては、君に話しかけてはいけないのかね？」

少し目を伏せた土御門は、どことなく寂しそうな表情になる。

「いけないっていうか……」

光明は、思わず口ごもってしまった。

「もっとも、私が君に話しかけるとき、用がないということはありえないが」

「……どういう意味ですか？」

土御門は、口唇の端を釣り上げる。

「いついかなるときでも、私は君で遊びたいよ」

「小官『と』じゃなくて、小官『で』、なんですね……」

光明は、土御門を睨みつけてしまった。

土御門にとっての光明は、完全に玩具以外のなにものでもないのだろう。

(この人は、どうしたら俺を認めてくれるんだろう)

部下として。

一人の人間として。

この悔しさをバネにしてがんばっていたら、いつか土御門に認めてもらえる日も来るのだろうか……?

(今に見てろ)

決意を秘め、そっと口唇を嚙みしめた光明の顔を、土御門はじっと覗き込んできた。

「な、なんですか……?」

視線に気づいた光明は、驚いてまばたきをする。

自分はもしかしたら今、悔しさのあまりみっともない顔をしていたのだろうか?

「高瀬少尉……」

思わせぶりに光明の名を呼んだ土御門が、顔を近づけてくる。

「しょ、少佐! なにもこんなところで……っ」

その冷ややかなくちびるを見ていると、淫らに振る舞った自分のことを思い出してしまう。そして、体内で感じた、土御門の欲望を。

光明は、頰を真っ赤に染めた。

「場所なんてどうでもいい」

「よくありません!」

「……ご期待に添えなくて申しわけないが」

土御門は、にやりと笑う。

「今度の任務の件で、確認をしておきたいことがあって」

「……は？」

目を瞑り、体を縮《ちぢ》めていた光明は、しかつめらしい土御門の声に、はっと顔を上げた。

「君、踊れるかね？」

「へ？」

光明はたぶん、とても間抜けな表情になってしまったと思う。

「踊れるって……」

「それはもちろん、西洋の踊りだよ。二人一組になって、体をくっつけ合って踊る……。最近、政府が音頭《おんど》をとって、一生懸命はやらせようとしているじゃないか」

土御門は不意をつかれた光明の両手を取り、そっと握りしめた。

「しょ、少佐？」

慌てて手を振り払おうとした光明の腰を、土御門は思いっきり右腕で抱き寄せた。

そして、左手は握ったまま、光明の体をくるりと回す。

「うわ……っ！」

ふわっと体が浮くような感覚がしたかと思うと、光明は土御門の腕に抱かれたまま、一回転させられていた。

足下がおぼつかなくなった光明は、土御門の胸に倒れ込んでしまう。

大きくて、温《あたた》かな胸だった。

心臓が、とくんと鳴ってしまい、光明は慌てた。

「……っ！」

思わず声を上げかけた光明は、ぐっと口唇を噛みしめる。

「おやおや……。大丈夫か？」

逞しい腕が、よろけた光明の体を受け止めた。

「だ、大丈夫です。早く、離してください……！」

「遠慮しなくていいんだよ」

「遠慮なんかしてません！」

ぬくもりを感じると、胸が高鳴ってしかたがない。狼狽《ろうばい》した光明は、なんとか体を離そうとする。けれども、光明がむきになるほど土御門は腕に力を込め、ちっとも力を緩めてくれなかった。

「離してください……！」

「君は小さいから、抱き心地がいいな」

「人の話を、少しは聞いてくださいよ！」

「君も」

土御門が、光明の耳朶に口元を近づけてくる。

「や……」

「今度の舞踏会の話は、聞いただろう?　私と君は、御方さまの一番近くで警護をすることになる」

「き、聞きました」

「重要な任務だ。事前に打ち合わせをしっかりしなくてはね」

今にも光明の耳朶を口に咥えそうなくらい近くで、土御門は囁く。

「この体勢の、どこがしっかり打ち合わせなんですか!」

「おや、わからないかね?」

「わかりません」

どう考えても、玩具にされているとしか思えない。

「まだまだだな、高瀬少尉」

土御門は、小さく溜息をついた。

「君が護衛する方はご婦人だ。しかも、気鬱でいらっしゃる。今回の舞踏会は、御方さまにとっては大事な気分転換の場だよ」

「それはわかっています」

「だったら、軍服を着た人間が隣に並んでいるような状況ではいけないということは、わかるね?」

「はあ……」

たしかに、軍服の人間に挟まれて舞踏会に出ても、息苦しいだけに決まっている。

(でも、護衛は必要じゃん)

光明には雲の上の方々の事情なんてよくわからないけれども、宮中における勢力図は、とても微妙なことになっている。御息所と幼い御子のために、『常磐』は作られたのだから。

「では、高瀬少尉。君にしか任せられない任務を命じる」

「……小官にしか」

光明は息を呑む。条件反射のように姿勢を正そうとしたが、土御門に抱きしめられたままなので無理だった。

(俺を信用してくれてるの?)

とくんと、胸が高鳴る。

「君の力を、存分に発揮してくれるね?」

真摯に問われて、光明は大きく頷いた。

「はい、少佐」

「……よろしい」

土御門は、うっとりするほど美しい微笑みを浮かべる。

「それでは、私と一緒に服を作りに行こうか？　君は色が白いし、細いから、どんな色でも似合うだろう。可憐《かれん》に見えるものがいいな」

「……は？」

なにを言われているのか、わからない。

ぽかんと土御門を見上げた光明を、彼は目を細めて見つめた。なにか、愛《め》でているときのような表情で。

そして、うっとりするほどの美声で囁いたのだ。

「君のドレス姿は、さぞ美しいだろうね」

5

男と生まれて、二十余年。光明は、よもや自分がこんな格好をする日が来ようとは、想像もしていなかった。

鏡に映るのは、茶色い髪を結い上げ、襟元まで詰まった貞淑《ていしゅく》そうなドレスを着て、顔にはうっすらと化粧をほどこした淑女《しゅくじょ》。

いや、光明だ。

（……違和感がないのが、すごく嫌だ……）

光明は、眉間に皺を寄せた。

よもや、近衛隊の隊舎の片隅で、このような格好をさせられるとは思わなかった。

土御門の家に出入りする仕立屋に作らせたとかいうドレスは、当世風に胸元の豊かさと腰の細さを強調する形状だった。光明はどうがんばっても女ではないのだが、体型の補正材を使っているせいか、それなりに女性的な体型になっている。

光明を信頼して任務を任せてくれたのだったら嬉しいが、隊で一番女装が似合うという理由で選ばれただけだったら、どうしたらいいんだろう。

（そりゃないか。俺じゃなくて、篠中尉だっているし）

華やかで美人な先輩の横顔を思い出し、光明はなんとなく安心する。

しかし、息苦しい格好だ。

（姉上たちは、よく平気だな……）

動き回って倒れたら冗談じゃないなと思いながら、光明は溜息をついた。

「よく似合うじゃないか」

複雑な表情をしている光明とは正反対で、満足げな笑みを浮かべた土御門が、一緒に鏡の中を覗き込んでくる。

「想像以上の美しさだな」

「……どーせ俺は、父上にも『女だったらよかったのに』って嘆《なげ》かれてますよ」

光明は、投げやりに呟いた。

「どうして？」

「出仕して、上手くいったら雲の上の方のお手つきになれたかもしれないって」

「……ふむ。確かに君の美貌だったら、可能性はあるな。しかし、その高瀬男爵の野望は果たされることはないだろう」

図々しくも腰に回された手を、光明は邪険《じゃけん》に払おうとする。しかし、土御門が、それくらいのことで手を引っ込めてくれるはずもなかった。

最後には、光明のほうが観念してしまう。

「……どうして、父上の野望は果たされないんですか？　小官は、おそれおおくも主上におかれましては、好みの範疇《はんちゅう》外なんでしょうか……」

「いや、そういうわけではないよ」

好みでありたいわけじゃないが、まったく問題外というのも、少々複雑な気分だ。

土御門は、光明へと顔を寄せてくる。

「ただ、君が女だったら、おそれおおくも主上が君に懸想をする前に……」

「前に？」

「私が、君を妻に迎えるだろうね」

冗談にしてもたちが悪いことを、土御門は言い出した。

光明は身の危険を感じて、ぐぐっと土御門の顔を押し、遠ざけようとする。しかしながら土御門は、強引に光明の口唇を奪った。

「う……っ」

「……あまり深く接吻すると、せっかくの紅が落ちてしまうな」

わずかに口唇を浮かせて、土御門は呟いた。

「小官に選択権はないのでしょうか……？」

光明が尋《たず》ねると、土御門は優雅な弧を描く口元を歪めた。

「ないな。だいたい、腹の子には父親が必要になるだろう?」

「な、なんの話ですか!」

「君が女なら、純潔を奪うと同時に孕《はら》ませているという話さ」

「は……っ」

光明は、絶句する。

そして、首筋まで真っ赤になって、酸欠の金魚みたいに口をぱくぱくと開閉させてしまった。

「……そんな破廉恥な」

女性経験がない光明には、刺激が強すぎる話だった。だいたい、いくら光明が女でも、土御門に純潔を奪われるのはごめんだ。

「なに、結婚という手続きが先か、既成事実《きせいじじつ》が先かという些細《ささい》な違いだ」

「どこが些細なんですか」

「結果は同じだろう?　君がこの先うっかり女性になることがあったら」

「ありません」

「私が妻にしてあげよう。子どもは、五、六人は欲しいね」

「……いりません」

やはり、土御門に常人と同じ見識《けんしき》を期待するのが間違っている。こんな男が上官だという不幸を、光明はしみじみと噛みしめた。

「ところで、少佐。小官はこの格好で、本当に御方さまの護衛をするのでしょうか？」

「もちろんだ。そのための衣装合わせだからね」

「……動きづらいです」

光明は、ドレスを摘み上げて、溜息をつく。裾《すそ》は床につくほど長い。靴だって女性用のものだから、歩きにくいのだ。

「おまけに、武器を携帯できません」

「そうでもないよ」

「でも、どうやって持てというんですか？　この格好で帯剣するんでしょうか」

「そんな無粋《ぶすい》なことを、私がさせると思うか？」

「じゃ、どうするんですか」

「隠し持つんだよ」

「暗器《あんき》ですか」

まるで忍者みたいだな、と光明は思う。でも、隠し持つような特殊な武器の扱いなんて、光明は知らないのだが。

「いや、これを」

土御門は、ドレスと一緒に用意していたらしい細身の剣を取り出した。

華奢《きゃしゃ》な形状で、殺傷力は高くなさそうだ。おまけに短刀。あまり、実用的ではないと思う。

「こちらを、身につけておきなさい。護身用にはなる」

「……どこに」

「ここに」

「わ……っ！」

無造作《むぞうさ》にドレスをまくり上げられて、光明は悲鳴を上げた。

「なにするんですか、少佐！」

太ももがはしたなくもあらわになった自分の姿に、光明は表情を変える。

「この内側につけておけばいいだろう」

土御門のいかがわしい指先が、光明の肌をなぞる。

「……あっ」

光明は思わず、濡れたような声を漏らしてしまった。

「君がやる気十分なのはわかるが……。このままでは、ドレスが汚れてしまうね」

「なんのやる気ですか……っ、とにかく、手を放してください！」

光明はもがくけれども、土御門はいまだ、太ももの内側に手を這わせ続けている。

「いい手触りだ。君の肌は、まるで絹のようだな」

「いいから放せってば……！」

土御門の指先は官能を掻き立てる。このまま体が熱っぽくなり、また土御門に弄ばれるくらいなら、舌を噛んで死んだほうがましだ。女装したあげく、鏡の前で犯されるなんて冗談じゃない。

その光明の気迫が通じたのか、土御門はさっと手を引いた。

「大切な任務の前だ。過度の運動はやめておこう」

にやりと笑った土御門は、光明の体を離す。そして、芝居がかっているほど恭しい仕草《しぐさ》で、光明の前に膝をついた。

「……どうぞ、手を」

「少佐……」

真摯な眼差しで手をこわれて、光明はおそるおそる右手を差し出す。すると土御門は光明の手を取り、手の甲に恭しく口づけた。

「なんにしても、その剣は抜かずにすむよう、私が君を守ろう。君はただ、御方様に近寄ろうとする不逞の輩《やから》の存在にだけ、注意を払ってくれればいい」

見上げてきた薄い色の瞳は、真摯な光を湛えていた。

本当に、土御門にすべてを委《ゆだ》ねてしまえばいいのではないかと、思わず錯覚《さっかく》してしまうほど。

——あ……っ。

その瞬間、光明の背中には電流が走った。

——な、なんだよ、今の……！

土御門の言葉で動揺《どうよう》してしまう自分が、信じられない。

光明はさっと顔を背けた。

「……もちろん、任務ですから！」

「そのとおりだ、高瀬少尉」

さっと立ち上がった土御門は、光明の手を引く。すると、体の自由がきかない光明は、必然的に彼の腕の中に抱き寄せられてしまう。

「少佐……！」

「君にとっては、はじめての公の場での護衛だ。無理はしないように」

どう考えても、上官の胸の中というのは、訓辞を聞くような場所ではないと思う。

けれども、光明は大まじめに頷いた。

「はい、少佐」

不安がないわけではないが、少なくとも土御門が傍にいてくれるのだ。それだけで安心できてしまう自分が情けなくも悔しいと、光明は思った。

任務までは、あと三日——。

# 6

舞踏会当日。

光明は三日間、家でも女物の靴を履いて動くように、練習をしていた。さすがに、嫁いだ姉たちの衣服を引っ張り出して身につけたときには、家のもの全員に引かれてしまったが、任務だと説明して、協力してもらった。

女装に慣れるように命令されていたわけじゃないが、軍人の端くれとして、ただ綺麗に着飾っていて、肝心なときに足手まといになるような真似はしたくなかったのだ。

実は今回の舞踏会には、光明の父親である高瀬男爵も招かれていた。息子の晴れ姿に、父親は溜息をつきながら「これで女だったら……」と性懲《しょうこ》りもなく呟いていた。まったく、発想に進歩のない父親だ。

（たまに、父上は俺を愛していらっしゃるのかどうか、疑問に思うことがあるな……）

光明は、溜息をつく。

「……お疲れですか？」

傍らから、気遣うように声をかけられ、光明は慌てて首を横に振った。

「い、いいえ。大丈夫です。御方さま」

「そう」

傍らの美しい女性は、ふっと表情を綻ばせる。彼女こそ、護衛の対象である葉山のあたりの御息所だ。

（いつ見ても、お綺麗だ……）

病気がちだけあって線は細いが、それがまた色気にもなっていた。

お忍びということもあって、会場の片隅の、緞帳《どんちょう》に隠れるような小部屋から、彼女は舞踏会の様子を眺めていた。ときおり、人が会いにくる。それは、御息所の兄伯爵であったり、友人であったり……彼女にとっては心やすい縁者たちであるようだ。

光明は、そんな彼女の傍らで、にこやかに微笑むだけだった。頼むから、顔見知りはこないでほしいと、そればかりを祈りながら。

「それにしても、あなたが男性とは信じられないわ……。本当に、よく似合っていること」

「お恥ずかしい……」

扇《おうぎ》で顔を隠すように、光明は呟く。

「この会場にいる、どの女性にも負けないほどですよ。土御門侯爵と並ぶと、本当に一幅《いっぷく》の絵のようですね」

御息所は微笑んだ。

「……いえ、そんなことは」

「あなたが本当に女性ならば、侯爵も苦しい片恋を忘れ、新しい恋をすることができたかもしれませんね。もったいないこと」

ほんの世間話のように、御息所は爆弾を投下した。

光明の心の中へと。

「片恋……」

光明は思わず息を呑む。

あの土御門が、片恋？　そんな人間らしい感情が、あるのだろうか。

（でもそういえば……。結婚をしていてもいい年なのに、まだ少佐は独身だ）

光明の心音は、いきなり乱れはじめる。

なんだろう、この胸騒ぎは。

いわく説明しがたい感情の荒波が起こり、光明の心を揺さぶった。

土御門は、いつも光明をからかったり虐めたり、いかがわしいことをしたりする。とてもひどい人だ。

けれども、そのひどい人が苦しい片恋をしているなんて……。

（も、もしかして、俺をいじって鬱憤《うっぷん》を晴《は》らしてるのか。あの人は……！）

ひどい話もあったものだ。

けれども光明は、怒っているというよりも、もっと複雑で微妙な感情が胸に満ちていくのを感じていた。

なんだろう、この気持ちは？

苦しいような、焦《じ》れるような……。

（……とりあえず、顔を隠しておこう）

光明は、傍らの御息所に表情を見られないよう、さっと扇を広げる。

鏡がないからたしかなことはわからないけれども、今の自分はとても情けない表情をしているような気がしたからだ。

とても、人に見せられないような。

どうして、こんな気分にならなくてはいけないのか、わからない。

あの土御門の思わぬ人間らしさに、動揺してしまっているのだろうか？

扇の陰でふたたび光明がため息をついたそのとき、緞帳がわずかに揺れた。

「どなたですか」

光明が尋ねると、聞き覚えのある声が聞こえてきた。

「お方様、公爵をお連れしました。ご苦労、高瀬少尉」

「剣持隊長」

光明はとっさに、敬礼した。

婦人の服装をしているので、あまり様にならないが。

『常磐』の隊長である剣持は、燕尾服姿だ。軍服以外の格好をしているところを初めて見るが、さすがに美しい。

光明に答礼してから、いつも表情を変えることがない剣持が、かすかに表情を緩ませた。

「本当に、よく似合っていますね。驚きました」

「……ありがとうございます」

誉《ほ》められていいのか、悪いのか。滑稽になっているよりはマシなのかと、光明は首を捻《ひね》った。

「おまえでも、似合うと思うよ。一葉《ひとは》」

渋い声が、聞えてくる。

(一葉って誰だっけ?)

ちょっと考えて、思い出す。そういえば、剣持は一葉という名前だった気がする。

どうやら剣持は、親しい間柄の人と一緒のようだ。

(誰だろう?)

剣持は恭しく緞帳をめくり上げて、渋い声の主を内側に招きいれた。その人物の顔を見て、また光明は敬礼する。

入ってきたのは、公爵山科克久。『常磐』を作った男であり、剣持の後見人でもある政界の実力者だ。

そういえば、御息所とは幼なじみだという話も聞いていた。そして、彼女に苦しい片恋をしているらしい、とも。

「今度、着てみないかね？」

山科は冗談が好きな人なのか、剣持にそんなことを言う。すると剣持は長いまつげを伏せて、呟いた。

「……ご命令でしたら」

光明は個人的に、剣持ならばよく似合うと思う。

(隊長が婦人の格好をしたら、ちょうど御方様みたいなかんじになるんじゃないかな)

なにせ、上品な美貌の持ち主だから。

「まあ、山科公爵。来てくださいましたの」

御息所が、表情をほころばせる。二人は噂どおり、親しい間柄のようだ。

「もちろんですよ。おかげんいかがですか？」

山科は御息所の前に膝を折り、親しげに話をしはじめる。

しょざいなげにしていた光明に、剣持は命じた。

「高瀬少尉。私がここにいるから、しばらく出ていってくれないか？」

「はい、隊長」

どうやら、自分は邪魔者のようだ。光明は敬礼して、そっと緞帳の外に出た。

舞踏会の会場は明るくて、明かりは燭台《しょくだい》だけになっている緞帳の内側とはまるっきり別世界だ。

「どうしたんだ、高瀬少尉」

外に出てきた光明に、緞帳の外側で警護していた土御門が尋ねてくる。

「御方様は、山科公爵とお話し中です。剣持隊長が、外に出ているように、と」

「ああ、なるほど」

土御門もまた、剣持と同じく燕尾服姿だ。彼の本性さえ知らなければ、見惚《みと》れてしまいたくなるほど美々しい姿だった。

彼は、ちらりと光明を見下ろした。

「よく似合っているよ、本当に。君は小柄だし、そうしていると、本物のご婦人のようだね。山科先生にいやらしいことをされなかったか?」

「……あなたじゃあるまいし」

光明が睨むと、土御門はくすりと笑う。

「踊ろうか?」

「え……っ」

光明の腰を抱き寄せ、土御門は囁いた。

「……本当なら、このまま空《あ》き部屋に連れ込んで、押し倒して、たっぷり虐めてあげたいが、あいにく任務中だからね」

「任務中じゃなくたって、ごめんです」

「だからせめて、ここで踊ってみよう」

「どういう理屈ですか」

「君に、公衆の面前で抱きつける好機だからね」

いけしゃあしゃあとした笑顔を浮べる土御門は、とても苦しい片恋に悩んでいるようには見えない。

(……ただの噂じゃないのかな)

光明は考え込む。

別に土御門が苦しい片恋をしていようがなんだろうが、光明には関係ないはずだ。けれども、どうにも気になってしかたがなかった。

「どうした、少尉」

「……なんでもないです」

いくら光明が直球勝負な性格でも、「どなたかに片恋をしているという噂は本当ですか？」とは聞きにくい。

「では、踊ろう」

胸元に抱きよせられて、光明はどきっとする。こうして抱きしめられることが初めてというわけではないのに、装《よそお》いがいつもと違うせいか、はたまた人前だからか、とても土御門の体温を意識してしまっていた。

「どうしたんだね？　可愛く頬を染めて」

光明は、頭を大きく横に振る。

冗談じゃない。誰が、土御門を意識して、頬を染めたりするもんか！

「明かりのせいではないでしょうか」

「そうかな？　この場で身にまとっているものをすべて脱がして、泣くまで虐めたくなるような顔をしているじゃないか。私の胸に、しがみついていなさい。他の男にそんな顔を見せてはいけないよ」

「小官の顔を見るたびにそのようなことをおっしゃるのは、少佐だけです……」

「そうか。私が独り占めということだね。それはよかった」

土御門は、光明へと顔を近づけてくる。

「ほら、新しい曲だ――」

「あ……っ」

ふわりと体を回されて、光明はびっくりする。

（うわ……っ、本当に少佐と踊っちゃってるよ、俺……！）

仕事中なのにと思いつつも、いつになく土御門の仕草が優しいせいで、光明は上手く調子に乗せられていたのかもしれない。

はじめて素直に身を任せた土御門の腕の中は、とても心地よかった。


一曲が終わりかけた、そのときだ。

（……あれ？）

光明は、不審《ふしん》な人物が近づいてくることに気づく。

皆が談笑している中、妙に厳しい顔つきで――御息所のいる緞帳の陰に走り出した！

「しまった！」

光明はさっと土御門の手を放すと、行儀が悪いのを承知でドレスの裾をまくり上げる。

そして、足首に隠していた短刀を手にとると、不審な人物に駆け寄っていく。

「待て……！」

光明が叫ぶのと、不審な人物が発砲するのと、招待客の悲鳴がとどろいたのはほぼ同時だった。

光明は、不審者を取り押さえようとする。家での特訓の成果か、走ることはできた。ところが、ドレスの裾がひらひらと邪魔して、いつもどおりの身のこなしができない。

「この……っ」

不審な男は、光明を転ばせて、続けざまに発砲しようとした。

（まずい……！）

体勢を崩して、避けられない。撃たれると思ったその瞬間、光明と男の間に土御門が割って入ってくる。

「少佐!?」

驚いた光明が彼を呼んだその瞬間、不審な男は土御門に銃口を向ける。

発砲音がごく近くから、二発続いて聞えてきたのは、その直後のことだった……。

（少佐が撃たれた!?）

そう認識した瞬間、光明は彼に駆け寄っていた。ほとんど、条件反射のように。

ところが、体を折るようにうずくまった土御門に、鋭い声で叱咤される。

「少尉、御方様を！」

「あ……っ」

我にかえった光明は、はっとする。

(そうだ、俺の任務は護衛だ)

護衛対象は土御門ではない。彼が怪我しようと、優先しなくてはいけない人は、緞帳の陰なのだ。

いくら土御門が光明を庇って撃たれたとはいえ、彼に気を取られていては駄目だ。

そんなことはわかっているのに、体が咄嗟《とっさ》に動いてしまったのはどうしてだろうか。

混乱する気持ちを抱えたまま、土御門を撃った犯人を取り押さえようとした光明だが、
それよりも早く、乾いた銃声が響いた。

「剣持隊長……！」

美しい燕尾服姿の上官が、冷ややかな眼差しで銃を構えている。動揺した様子は欠片もなく、光明は自分を反省した。

そうだ、慌てて襲撃者に飛びつかなくても、彼がいたのだ……。

彼は襲撃者の肩と脚を、正確に撃ち抜いていた。急場で、決して動きやすい服装をして

いるわけでもないのに、鮮《あざ》やかな手並みだった。

しかし、感心している場合ではない。

遅ればせながら、床に転がった襲撃者に馬乗りになった光明は、拳銃を奪いとり遠くに放ると、短刀を首筋に当てた。

「高瀬少尉、彼を引き立てて別室に連れていってください」

顔色一つ変えていない剣持は、なおも襲撃者に銃を向けていた。それどころか近づいてきて、襲撃者の口へと銃口を押し当てる。

「私が尋問《じんもん》します」

「はい」

光明は命じられたとおり、男を引き立てようとする。

しかし、どうしても気になることがあって、つい口を開いてしまった。

「剣持隊長、あの」

「どうしましたか」

「少佐の手当を……」

土御門の傍には、同じ『常磐』の隊服を着た隊員が駆け寄ってきている。そういえば、外にも護衛がいたのだ。

『常磐』一の華やかな美貌の持ち主である篠に、土御門は抱き起こされていた。そんな彼を横目で見つつも、光明は彼の容態が気になって仕方がなかった。

「心配することはありません。あなたは、あなたの任務を全《まっと》うしなさい」

柔らかい口調だが、きっぱりと剣持に命じられて、光明は襲撃者を引きずりながら歩きはじめた。

けれども、土御門のことが気になって仕方がない。

(俺は馬鹿だ……。少佐のことを気にしてどうするんだよ。仕事なんだから!)

軍人になったのだから、任務によっては目の前で知っている人が傷ついたり、最悪の場合亡くなったりすることは不思議ではないのだ。

けれども光明は、まだ実戦に出たことがなかった。こんなにも動揺しているのは、そのせいだろうか?

……それとも、相手が土御門だからか。

(いや、違う。きっと、俺を庇って少佐が撃たれてしまったからだ。もっと状況を見て、俺が行動していれば、こんなことにならなかったかもしれないし……)

あの土御門のことがこんなにも気になるなんて、それ以外の理由は考えられない。

光明が会場から襲撃者を引きずり出すと、折良く騒ぎを打ち消すように、また演奏が始まっていた。

襲撃者を引き立てるように歩きながら、光明は口唇を噛みしめる。

舞踏会が再開されるなら、きっと土御門の怪我もたいしたことはなかったのだろう。人格破綻者《じんかくはたんしゃ》な彼だが、あれでも侯爵だ。彼の身に危《あや》ういことがあるようならば、何事もなかったかのように舞踏会を再開するなんて無理に違いない。

だから、光明は彼を心配しなくていい。

(だいたい、あの少佐がそう簡単にくたばるわけないんだし……)

自分に言い聞かせるように、光明は心の中で呟く。

土御門のことに気を取られて、職務がおろそかになったらたいへんだ。

光明は、自分が思わず土御門に駆け寄ろうとした時、彼に叱《しか》られたことを思い出した。

彼は、何をすべきかということを、光明に教えてくれたのだ。

(……少佐だって、職務についているときはちゃんとしてるんだ。俺だって、職務を果たさなくては)

土御門が気になって仕方がない自分の気持ちを、光明は戒《いまし》めた。

剣持に、光明は休息を取るように命じられた。

しかし、いくら襲撃者が負傷しているとはいえ、剣持一人で相対したら、もしもということがある。

# 7

光明がその場を立ち去りにくく思っていたら、同じ『常磐』の橘川と篠がやってきた。女性の服装ではどのみち機動力が落ちるからと、二人にも重ねて休息を取るようにと言われて、ようやく光明はその場を離れたのだ。

（まず着替えないと）

廊下をとぼとぼ歩いていた光明だが、ふと土御門のことが気になった。

いや、本当はずっと彼のことが頭に引っかかっていた。けれども、今は仕事中だからと戒めていただけなのだ。

客間の一室に運び込まれた土御門の容態は、どうなっているのだろうか。

（俺を庇ってくれたわけだし……。礼ぐらい、言わないと。いくら日頃迷惑を被《こうむ》っている

からって、恩人なんだから、俺が容態を気にしたって変じゃないよな）
誰にともなく、心の中で言いわけをしながら、光明は土御門が眠っているはずの客間に向かったのだった。

土御門が運び込まれたと教えられた客間の扉を叩いても、中から返事はなかった。

迷ったあげく、光明はそっと扉を開く。

「少佐……？」

呼びかけても、返事はない。

薬で眠っているのだろうか。

寝台に、土御門は横たわっていた。

（生きてる……よな？）

光明は、そっと寝台に近寄る。

出血のせいか顔色は悪いが、土御門は眠っているようだった。こうしていると、彼の端整な顔立ちは際だつ。普段、意地の悪いことやいやらしいことばかりする人だから、容姿がいいからといって目を惹《ひ》かれたりしないのだが。

「なんで庇ったんですか……？」

眠っている土御門に、そっと光明は囁きかけた。

あんな、盾《たて》になるみたいな無茶な庇い方をされるなんて、思ってもみなかった。

先ほど剣持も言っていたが、冷静な土御門らしくない。頭より、体が先に動いてしまったような、そんな失態《しったい》にも見えた。

「いつも、人を玩具扱いしているくせに」

どうしてこんな時ばかり、まるで大切にしているような真似をするのか。

誤解しそうになってしまう。

「……最悪」

光明はぽつりと呟いた。

土御門の顔を見ているうちに、胸が苦しくなってきた。

きっと土御門は、部下がしくじったのを見て、咄嗟に体が動いてしまっただけに違いない。

けれども、光明は不覚にも、彼に庇われたことに感動してしまっていた。

「本当に、あなたって人はずるい。普段が最低だから、ちょっとのことですごくよく見えるじゃないか。こんなにも……」

光明は、ぎゅっと口唇を噛みしめる。

大事にしているふりをするなんて、やめて欲しい。

好きな人がいるというのなら、その人のためにも自分を大事にすればいいのに。苦しい片恋でも、いつかは実るかもしれないのだから。

土御門の顔を見ていると、光明の気持ちは千々《ちぢ》に乱れてしまう。このままだと、感傷的になりすぎて、なんだか妙なことを口走ってしまいそうだ。光明は、慌てて身を翻《ひるがえ》して寝台を離れようとした。

ところが、くるりと寝台に背を向けた光明の手を、思いがけないほど力強い指先が摑んだ。

「な……っ」

びっくりした光明は、思わず声を上げそうになる。

「いつ接吻してくれるか、待ってたのに」

笑みを含んだ声で、土御門は光明をからかう。

「さ、最初から起きてましたね！」

「ああ。……この痛みでは、さすがに眠れない」

顔をしかめた土御門に対して、光明は言葉を失う。

「……なんて顔をしているんだ。そんなに心配しなくても大丈夫だよ」

土御門は、からかうみたいに片目を瞑ってみせた。

「少尉がまだ愛らしい格好をしてくれていて嬉しいよ。本当によく似合っているからな。……その格好で接吻してくれたら、傷くらいすぐに治る」

「あなたって人は、大怪我してもその減らず口は治らないんですね！」

「口は怪我してないからね」

（し、心配して損した……！）

むかっとした光明は、摑まれていた腕を乱暴に振り払う。

「そんなに元気なら、すぐによくなりますよ！」

睨みつけたものの、土御門に巻かれた白い包帯を見てしまうと、いつもみたいに反発しっぱなしではいられなくなる。それに、いつもの土御門ならば、光明が振り払おうとしたくらいで指は解けないはず。やはり、弱っているのだ。

光明は、しおしおと肩を落とした。

「……あの、庇っていただいたことにはお礼を言います。ありがとうございました」

「気にしなくていいよ。これから先も、君が私の可愛い玩具でいてくれるならば、これくらいお安いものだ」

「どうせなら、口に怪我すればよかったのに！」

ちょっとしおらしい気分になっても、すぐに土御門が気持ちを逆撫でする。まったく、つきあっていられない。

それに、もう光明は知っているのだ。

土御門にとって、本当に自分は『玩具』でしかないことを。

女だったら妻にしていたなんて、嘘ばっかり。

「だいたい、好きな方がいるくせに、これ以上小官をからかわないでください」

「……ほお？」

土御門は体を起こし、目を眇めて光明を見つめた。

その瞳の力強さに、光明はどきりとしてしまう。

「いったい、そんな話を誰から聞いたのかね？」

「……え」

光明は、狼狽した。

（も、もしかして、俺は言ってはいけないことを言っちゃった？）

土御門の迫力に後ずさりしかけた光明だが、その腕は再び、力強い土御門の指先に摑まれてしまったのだった。


「やめ……っ！」

声を上げて、光明は土御門の手をふりほどこうとする。

これまでにも幾度となく、その腕に捕まえられた。けれども、もう光明は土御門にいたずらをされたくなかった。

(好きな人がいるんだったら、俺に構うな)

土御門に弄ばれるのは、これが初めてではない。何度か抱かれている。けれども、今まで以上に彼を拒絶する気持ちが強かった。

このまま、彼に抱かれたくない。

好きな人がいるという、彼には。

「私は怪我人なんだ。そんなに暴れられると困る」

「怪我人なんだから、おとなしくしていればいいじゃないですか！」

「困るのは、君だよ」

「あ……っ」

片腕とはいえ、ものすごい力で引き寄せられて、光明は拒むことができなかった。そのまま、土御門の胸元へと抱きしめられてしまう。

しかも、力任せ。思わず、息が詰まる。

「力の加減ができないんだ。君を、ひどく虐めてしまうかもしれないだろう？」

呼吸困難を起こして涙目になった光明が、彼を上目遣いで睨むと、土御門はにこやかな笑顔になる。

「……信じられない」

「なにが」

「どうして、こんな……っ」

「可愛らしい女性の姿をしている君で遊べる機会なんて、そうそうないだろう？」

「いい加減にしてください！」

光明は、身じろぎする。

「だいたい、好きな相手がいるなら、その人に体当たりして砕《くだ》け散ってきたらいいんですよ！　そうすれば、小官で遊んで、欲求不満を解消することもないし……。これ以上、社会の迷惑になることもないはずです！」

「……社会の迷惑だなんてひどいな。私のような良識の徒《と》に向かって」

「あなたが良識の徒ならば、この世の中のすべての人が良識の徒です。聖人です！」

「主観の相違だな」

「あなたの主観がずれてるだけだ！」

口論の合間にも、光明は土御門から逃れようと努力していた。ところが、土御門が光明を手放してくれるはずはなく、腕の力は強くなる一方だった。

このまま抱き寄せられ、また口唇を奪われてしまったら、土御門の思うツボだ。

光明が渾身《こんしん》の力で彼から逃れようとした、そのときだ。

「……ところで、高瀬少尉。私に想い人がいるとして、どうして君がそれを気にするんだ？」

「え……っ」

思いがけないことを問われて、光明は一瞬動きを止めてしまう。

その隙を、土御門が見逃してくれるはずもない。

彼は片腕で光明を寝台の上に抱え上げる。そして、彼の体の上に乗り上げる格好になった光明の腰を押さえ、体の自由を奪った。

寝台がぎしっと音を立てて、光明は我にかえった。

「少佐……！」

「私が君で遊ぶことを至上の悦びにしていると、君は前から知っていたはずじゃないのかな？　どうして、いまさら嫌がるんだ」

「以前から、全力で嫌がっていました！」

「私の想い人を、気にするのは？」

「そ、それは……っ」

光明は、言葉に詰まる。

（俺だって、どうしてこんなことを気にしてるのか、自分で自分がわからないよ！）

土御門に想い人がいたとしても、光明がめくじらを立てることではないのだ。だって、恋人でもなんでもなくて、ただの玩具で、しかも光明はその扱いを不満に思っているわけなのだし。

それなのに、こんなにも気に障《さわ》るのはなぜ？

（……やっぱ、まともに人間扱いされてないからだよな）

苦しい片想いの憤懣《ふんまん》をぶつけるための玩具にされるなんて、冗談じゃない。

胸が痛い。

（ああ、なんかこういうの、やだな）

へんな気持ちだった。

胸がずきずきしている。

土御門の変態的行為につきあわされて、彼の思い通りになってしまうのが嫌で、自己嫌悪に陥《おちい》っているときとは、また違う「嫌」だ。

（なんだっていうんだよ……っ）

「だいたい、いったい誰が君にいらない知恵をつけたんだ？」

土御門の声が、不穏な響きを帯びる。

「いくらあなたでも、手出しできない方です」

「なるほど、御方さまか」

いい勘をしている。

「……知りません」

「私に想い人がいるのが、そんなに衝撃的かな？」

「あなたに、そんな人間らしい情緒が備《そな》わっていたとは、もちろん思っていなかったから」

「でも、驚いているという顔じゃない？」

土御門は、光明へと顔を寄せてきた。

「え……？」

「むしろ、哀《かな》しそうな顔だ」

（哀しそう……？）

そんな馬鹿な。

土御門に想い人がいるからといって、どうして光明が哀しそうな顔をしなくちゃいけないんだ？

「眼が悪いんですね」

「……まったく、素直じゃないいな」

「なにがですか！」

「それはもちろん、君が私を愛しているという気持ちに対してだ」

光明は、全身の血がすっと引いていった気がした。

「あ…い………？」

陸に投げ出された魚のように、口をぱくぱくさせてしまう。

いったい、それはどういう悪い冗談なんだろうか。

「照れなくてもいいんだよ」

「……て、て………っ」

「て？」

「誰が照れるか！」

「でも君は、私が気になって仕方がなくて、なにをされても私から離れられなくて……」

土御門の手が、光明の細腰をさする。

「あ……っ」

「こうして私が触れると、可愛い声で啼《な》くじゃないか」

「……や、め……」

「男の体は、確かに単純な作りをしているが、本当に嫌なら萎《な》えたままになっていること
くらい、君にもわかるはずだと思うが」

「ちが……っ」

冗談じゃない。

光明は、必死で否定する。

そもそも土御門に一方的に押しつけられた関係は、口の中が弱いという秘密を知られて

しまったからだ。口腔をねぶられなかったら、光明はちゃんと抵抗できていたと思う。そのはずだ。

(確かに、先輩に襲われた時は、ちゃんと逃げたけど!)

でもあれは、先輩のほうが土御門より愛撫が稚拙《ちせつ》で、光明が嫌なばかりで、気持ちよくなかったからで……。

(あれ?)

はっと光明は思い至ってしまった。

そういえば、土御門に初めて押し倒されたとき、確かに口腔を愛撫されることで完璧に抵抗を封じられてしまったけれども、それより以前に気持ちよくなってしまってはいなかったか?

(いや、そんなことはない! もしそうだとしても、それは少佐が巧みだからだ!)

光明は、頭に浮かんでしまった怖い考えを否定するように、ぶんぶんと頭を横に振った。

「そんなに頭を振ったら、せっかく綺麗にしている髪が乱れてしまうじゃないか」

土御門は、光明をそっと窘《たしな》める。

「髪を乱すのは、私に組み敷かれているときだけでいいよ」

「な……っ」

しまった、と思ったときにはもう遅い。

考え込んで、隙を作ってしまった自分を、光明は呪《のろ》った。

気がつけば、光明は土御門の体の下へと組み敷かれてしまっていた。


「やめてください、少佐！」

寝台に背を押しつけられ、光明は上擦った声を上げた。

このままでは、まずい。

また遊ばれてしまいそうだ。

土御門は肩を撃ち抜かれたくせに、呆れるほど元気だった。でも、彼の肩の傷が気になって、いつもほど勢いよく抵抗できない。

「……可愛いよ、少尉」

小声で、土御門は囁く。

「可愛くなくていいです……」

「遠慮することないのに」

土御門は微笑む。

「……いい子にしていたら、秘密を教えてあげるのに」

「秘密……？」

「そうだよ、私の秘密」

思わせぶりなことを、土御門は言う。

「その秘密を手に入れたら、君はきっと私に勝てるようになる」

「……弱点？」

「そういうことになるな」

「どうして、そんなものを教えてくれるんですか」

「君が可愛いから。そして、君の気持ちがはっきりわかったからだ」

土御門が、光明の耳たぶに口唇を近づけてきた。

「だから、あえて教えてあげよう。私の想い人が、君だということを……」


文字通り、光明の頭の中は真っ白になった。

そして、じっと彼の端整な顔に見入った。髪は乱れ、怪我のせいかいつもより顔色が悪いのだが、悔しくなるくらいのいい男を。

彼は、穏やかな笑みを口元に浮かべていた。

（想い人って……ええーっ⁉）

言葉の意味を理解して、光明は仰天《ぎようてん》する。そして、寝台から飛び降りて逃げようとしたが、土御門は逃がしてくれない。

それどころか、手の力がますます強くなる。

「どうしたのかな？　真っ赤な顔をして」

土御門の気品のある顔が近づいてきて、光明はひたすら焦っていた。

「だ、だって、だって……！」

いきなり想い人だなんて言われても、どうすればいいのかわからない。

どういう顔をして、そんな言葉を聞けばいいのかなんてことも。

だって、今までさんざん、土御門には虐められたりからかわれたりしてきたのだ。好きと言われるなんて、想像の範疇外だった。

「……ああ、照れているのかな」

「照れてません！」

「そんな顔で言っても、説得力はないよ。しかし、嬉しいものだな。君とは、もう何度も想いをかわしてきたというのに、言葉にするだけで、その初々しい反応というのは……」

「いや、かわしてないですから！」

いつも通りの土御門の一方的な言葉を、光明は必死で否定する。

どうしてこの人は、いついかなるときにも自分の思うがままに振る舞うのだろうか。

(俺の気持ちも知らないで！)

いや、ここで俺の気持ちとはどういう気持ちかと、問われても困るのだけど。答える言葉なんてないのだけれども……。

「どうして？　何度でも抱きあっただろう？」

婉然《えんぜん》と微笑まれて、光明は必死で頭を横に振る。

「あれは事故！　なし！　なかったことです!!」

口腔を虐められると、どうしようもなく感じてしまう。そんなだらしない体を暴かれて、奪われてしまった。けれどもあれは不可抗力で、決して光明が望んだことではないのだ。

そのあと、なし崩しに関係をもたされてしまったけれども。

玩具みたいに扱われるのが悔しくて、なんとか彼に認めてもらえるようになりたいと、がんばり出したけれども……。

(でも、好きって言われたかったわけじゃないはずだ)

光明は、じっと土御門を見入る。

あなたなんて嫌いですと言って、彼を突き飛ばしてこの部屋を出ていけば、気持ちはすっきりするのだろうか？

けれども、頭の中がぐちゃぐちゃになっているせいか、光明は動くことができなかった。

もう、何がなにやら、わからない。

「私は君に好かれていると確信しているよ、高瀬少尉」

土御門は、にっこりと笑う。

「私に認められたいと、一生懸命がんばっていたところが、とても可愛いくて仕方がなかった。小さな子犬みたいだ」

(全部気づかれていた……!?)

どんなに苦手だと思っても離れられなかった、その気持ちを。

光明は、首筋まで赤くしてしまう。

「そ、それは悔しくて……。あなたは、俺を玩具扱いしてたし」

「玩具だなんて、思っていないよ。私は玩具と恋愛する趣味はないからな」

「だって、俺で遊んで楽しんでた！」

「それはそうだよ」

土御門の指先が、光明の前髪へと触れる。そして、さらさらの感触を楽しむかのように、彼の指が動く。額《ひたい》に触れると、ちょっと気持ちよかった。

「君で遊ぶのは、とても楽しいよ。私は、君が好きだからね」

うっとりとしてしまいそうになるほど甘い声で、土御門は囁いた。

「最初に君のことを知ったのは、君がまだ、十歳やそこらのころだったか……。高瀬男爵の家に茶話会で訪れた時に、君を見かけた。元気よく走り回っていて、男爵夫人に『転びますよ』と言われた瞬間によろけ、体勢を立て直そうとして池に転がり落ちた君は、本当に可愛かったな」

「……なっ」

光明は、絶句する。

（なんだよ、それ。知らないよ！）

土御門が、光明の家の茶話会に来るほど両親と親しかったなんて、初耳だ。

だいたい、子供の頃の恥ずかしい思い出なんて、忘れてしまっている。しかし、なんでまたそんな古い話を引っ張り出してきたのか……。

「池に落ちた君は、泣きもせず、おどけたように笑っていた。実は、私が引き上げてあげたんだがね。びしょびしょのまま、かしこまったお辞儀《じぎ》をされて、なんて気が強くて可愛い子だろうと思った。男の子だと知って、本当に残念だったよ。女の子だったら、女学校に入学する前に婚約して、うちで行儀見習いをさせて、十三、十四になったら結婚してもいいかと思ったのに」

懐かしそうな土御門の言葉に、光明は仰天した。

「そ、そんな子供相手に、何考えてるんですか……！」

「手元に置いたら、毎日が楽しかろうと思ったんだよ。君のように、愛すべきお馬鹿さんは。ひとときもじっとしていなくて、活《い》き活きしていてね。退屈という病《やまい》にかかっていた私は、ちょうどいい刺激になると思った」

「少佐はやっぱり、俺を弄りたいだけじゃないですか……」

光明は膨《ふく》れた。

まったく、口説かれている気がしない。

土御門は、くすりと思い出し笑いをする。

「申し出たら、男爵には残念がられた。本当は君の姉上のどちらかを、私の妻に勧めたかったらしいから」

「え……っ」

光明は仰天した。

まさか、父がそんな野望を抱いているとは思ってもいなかった。

(たしかにうちも、元をただせば侯爵家の分家だけどさー)

しかし、かつて后を出したこともある名門、土御門侯爵家の当主へ娘を嫁にいかせようなんて、父親も大胆なことを考えるものだ。

(みんな、貧乏が悪いのか……)

実は光明は、父男爵のそういう前向きで楽天家な、当たって砕けろ精神は嫌いじゃない。というか、濃い血のつながりを感じる……。

「君が女性だったら考えたけれどもと返事をすると、君の父上はたいそう嘆かれた。これで女子であれば、とね」

その言葉で、光明はぴんと来た。

常日頃、光明が女だったらどれだけよかったかと、たいそう嘆いている父親だが、あれは完璧に妄想《もうそう》だったというわけではなくて、土御門に見初《みそ》められたという前例があるからだったのだ。

何一つ、覚えていなかったけれども。

土御門は目を細め、光明をじっと見つめた。

懐かしい光に溢れていた双眸《そうぼう》は、やがて言葉にしがたいほどの甘さを湛えはじめる。

そして、その甘さがすべて自分に向けられていることに気づき、光明はどきりとした。

(いつも、意地悪ばかりするくせに)

彼が、そんなふうに光明を見つめることがあるなんて、想像もしていなかったのだ。

「あのときから、なにかと君のことが気にかかっていて、消息をずっと窺《うかが》っていた。元気に、健《すこ》やかに成長した君が、私の部下として目の前に表れたときには、本当に嬉しかったよ。……そして、上官と部下として接するうちに、ますます君のことが気に入った。君が傍にいるだけで、退屈病なんて、吹き飛んでしまったな。君が女性なら妻にしようと考えた、遠い日の私の直感は間違っていなかったと、確信したんだ。縁談を勧められるたびに、結婚はできないが想う人がいるのだと、周りには言っていたのは、君以上に惹かれる相手がいなかったからだ。嘘はひとつもついていない」

土御門は、無駄に晴れやかな笑顔になる。

彼が、でまかせを言っている様子はなかった。

そんな青田買《あおたが》いをされていたことなんて、光明はまったく知らない。『常磐』に入隊したのは、剣持に声をかけられたからだが、まさかと思うけれども、土御門は人選に手心を加えていないのだろうか？

思っていた以上に、彼は光明に執着《しゅうちゃく》しているようだから、あながちそれもないわけではなさそうだと思うと、少々怖い。

だが、彼の自分に対しての思い入れを知ることができたのは、たいそう気分がよかった。

絶対に、彼には言わないけれども。

光明は、自分の気持ちをごまかすように、憎まれ口を叩く。

「俺は男でよかったたって、ものすごく思いました。だって、少佐の家から縁談が来たら、俺がどれだけ嫌がっても、絶対に嫁に出されてた」

土御門侯爵家は資産家だ。高瀬男爵家とは、家格が全然違う。そんな家からの縁談を、父が断るとは思えなかった。だいたい、姉たちのどちらかを嫁がせようとしていた父親にとって、願ったり叶ったりだろう。

「私は、君が男でよかったと思うよ」

光明のドレスの胸元に触れ、土御門は満足そうに目を細めた。

「妻ならば家に帰らないと会えないが、部下で恋人なら、昼も夜も一緒にいられる」

とても恋いこがれられているようなその言葉に、光明は一瞬、よろめきかけてしまう。

けれども、はっと我にかえった。

「恋人じゃないし！」

「しかし君は、自分が私の想い人だと知って、ちょっと嬉しかったんじゃないのか？」

「え……っ」

光明は、ぎくっとする。

先ほどから胸にある想いは、それなのだろうか？

そんなの、到底認めたくない。

ところが、土御門は自信たっぷりだ。

「観念しなさい。もう、君は身も心も私のものだろう？　だからこそ、私はこうして想いを打ち明けたんだ。これでも繊細《せんさい》だからね。長年恋いこがれていた君を自分のものにできなかったら、どうにかなってしまう」

「……少佐の言うことは、一から十まで信じられません」

光明は、そっぽを向いた。

今だって、土御門は余裕の表情をしている。光明の意表をついて、喜んでいるようにしか思えなかった。

「困ったな、どうしたら信じてくれる？」

「どうしたらって……」

そんなことを聞かれても、困る。

光明は、押し黙った。

（わからない）

今だったら、土御門の隙をついて、はねのけることができるんじゃないだろうか？　そう思うのに、光明は実行できない。

いったい、光明は何をためらっているんだろう。

わからないことばかりだった。

（……俺にわかるのは、土御門少佐はやっぱりずるいってことだけだ）

だって、彼が惑《まど》わせるから、光明は彼を拒みきれない。

（少佐のことなんて、好きじゃないよ。意地悪だし、いやらしいことばっかするし……。人の弱みを摑んだら、そこをためらいなく攻撃してくるし！）

考えてみれば、本当にいいところなしだ。

仕事をしているときの彼は、とても、いやほんの少し、心持ち、なんというか……格好いいのだが。

「君はお馬鹿さんだから、考えごとは苦手だろう？　あんまり頭を悩ませないほうがいいな。眉間の皺が、とれなくなりそうだ」

土御門は、小さく笑った。

「考えるよりも、感じてみるのはどうかね？　……君は素直だからな。そのほうが、いろんなことがわかるかもしれない」

「感じる、って……」

「こうするんだよ」

「……っ！」

きつく抱き竦められた上に、口唇を奪われ、光明は驚愕する。弱い場所を虐められたら、考えるどころじゃない。光明は我を失ってしまう。

「……っ、やめ……！」

「本当に嫌なら、怪我した腕を狙って、攻撃してくれたっていい」

わずかに口唇を浮かせた土御門は、笑顔で嘯《うそぶ》いた。

「そして、私を突き飛ばして逃げなさい。……さもないと、最後まで奪う」

「怪我した腕を狙うなんてこと、できるわけないじゃないですか！」

光明は、きつい眼差しを土御門に向けた。

「少佐はずるい！　そんな選択させるなんて……」

「どうして？」

土御門は、光明の顎を捉える。

そして、ほんの少しだけ顔を傾けさせた。

「本気で抵抗するなら、それくらいしないと」

「……な…っ」

「私自身では、私を止められないんだ」

「ずる……い…」

頬や鼻筋に口づけられ、光明は身じろぎする。

口唇をぎゅっと噛んでいるが、土御門はそこを狙ってこない。もっぱら、他の場所に口唇を這わせて、光明の選択を迫ろうとしていた。

「……少佐、こそ…」

光明は、ぎゅっと目を瞑ってしまう。

まるで、観念するように。

「無理にでも俺が欲しければ、口唇を狙えばいいじゃん！」

「君が我を忘れるように？」

土御門は、小さく笑った。

「……もう私は、それでは足りないんだよ。君の心も欲しいから……」

「あ……」

耳元で囁かれ、光明は頬を赤らめる。背筋がぞくっとするほど、感じた。これから抱かれるのだと意識する。

土御門は、何がなんでも光明に選ばせるつもりだ。

口唇を本気で狙って来ないのは、光明に言い訳させないためだ。

我を忘れたという、言い訳を。

土御門の意図は、わかった。

それでも、光明は逃れられなかった。

土御門を突き飛ばし、逃げることができなかったのだ。


侍女二人がかりの手によって、時間をかけて着せられたドレスも、土御門の手にかかれば、するすると脱がされていってしまう。

しかも彼は、光明の服を脱がすことに夢中になっているわけでもなくて、合間に光明のそこかしこに接吻する余裕も持ち合わせていた。

けれども、もう彼は口腔を狙ってこない。口唇には、軽く触れただけ。あとは、頬や鼻筋、首筋、顎の尖りなどに、丹念に口唇を押し当ててきていた。

(くすぐったい)

土御門に触れられた場所が、甘く疼く。

土御門なんて、いつも光明を虐めて、からかって、振り回して……困った上官で、とても苦手な人だったはずだ。

それなのに、触れられるとこんなにも気持ちいい。

体がどんどん熱くなっていく。

光明の体の上から、不意に笑い声が聞こえてきた。

観念したように目を閉じていた光明は、うっすらと片目を開ける。

「……なんですか？」

「いや、こんな格好で大人しく目を瞑られてしまうと、うら若い貴婦人にひどいことをしている気分になってね」

いやなことを言いつつも、土御門は甘い表情をしていた。

光明は、ぱっちりと両目を開ける。

「……うら若い部下にひどいことをしているのは、間違いないです」

「ひどくないだろう？　気持ちよくしてあげているのに」

「べ、別に気持ちよくなんかないですっ」

土御門は、光明の鼻の頭を軽く指先でつついた。

「君は意地っ張りだな」

「少佐は人の話を聞きませんよね……」

ふくれっ面《つら》になるけれども、土御門は取り合ってくれない。彼はいきなり、光明のドレスの裾をたくし上げた。

「や……っ」

脚がすっとして、光明は身じろぎする。けれども土御門は難なく光明の体を押さえ込んで、股間へと指を這わせる。

「……！」

光明は大きく目を見ひらく。

いきなり、性器を握り込まれた。

そこは既に硬くなりかけていた。先ほどから、肌を愛撫してきていた土御門の口唇のせいで感じてしまっていたのだ。

（……いきなり触るな……っ）

光明は、ぎゅっと目を瞑った。

もう何度もいたずらされているけれども、戯れだけで感じてしまったのが恥ずかしい。

知った。

強引に熱を引き出されたと思えるほうが、よほど気恥ずかしくないのだと、光明は初めて
「……どうして緊張してるんだ？」

いたずらっぽく、土御門が囁きかけてきた。

「まるで、無垢《むく》なような反応をする」

「……妙な言い方しないでください！」

「本当のことじゃないか。ここを、こんなに熱くしてるのに……」

「……っ、あ……や…ぁ…っ」

性器を軽くしごかれて、光明は甘えたような声を上げる。それにつられるように、先端からは透明の雫が溢れてしまった。

「ほら、恥じらうような表情をする」

土御門の声の調子は柔らかくて、どことなく優しくて、馬鹿にされているという感じはしない。けれども気恥ずかしさのあまり、光明はとても目を開けることができなかった。

「両想いだと思うと、嬉しくて、照れくさくなってるのかね？」

その言葉に、光明は首筋まで赤くしてしまった。

「だ、誰が……っ！」

照れてるなんてことはありえないし、土御門が本気だとわかったって、嬉しいことなん

て何もない……はずなのだ。土御門の脳内世界では、いったいどういう都合のいいオチがつこうとしているのかと、想像するだに恐ろしい。

確かに、触れられると気持ちいいけれど。

……嫌じゃないかもしれない。

気のせいとか、流されているだけではないのだろうかと、思わないでもないが。

光明を飾っていたドレスは既に乱されきっていて、体のあちこちらに土御門が戯れてくる。それなのに、逃れられなかった。これから、本気の土御門にものにされてしまうっていうのに。

(少佐は、やっぱりずるい)

首筋を強く吸われて、身を竦めた光明は、心の中で土御門を罵る。

本気だ、好きだと言われると、なんだか律儀《りちぎ》に相手をしなくてはいけないような気がしてくる。

逃げてはいけないのだと、そう思ってしまう……。

「……ん、あ……っ」

はだけさせられた胸元を、土御門に軽く吸い上げられた。吸われる楽しみというものを彼に教え込まれてしまった乳首に軽く歯を立てられ、光明は大きく身震いをした。

「……く……ぅ………ん…」

尖り切った乳首には、硬い歯の感触が心地いい。少し触れられるだけで痛みを感じてしまうくらい、光明のそこは感じきっていた。

「……は…ぁ…ん……」

鼻を鳴らすように、甘えた声が漏れてしまう。それが恥ずかしくて、光明は口元を覆った。

「ここが好きかね？」

ちゅっと乳首の先端に接吻されて、光明は反射的に首を横に振る。口が裂けたって、気持ちいいなんて言えるものか。

「君の『いや』は『いい』だからね。これから、『いや』は聞かないよ」

ちゅっちゅっと、両方の乳首へと挨拶するみたいに接吻しながら、土御門は嘯く。「そういう少佐は俺の言うことなんていつも聞き流すじゃないか」と、光明は内心思った。けれども、今は土御門の言うことが正解なのだ。接吻されるたびに、乳首はびくびくしてしまう。痛がゆいけれども、気持ちいい。

「……は…ぁ……っ…」

光明は、大きく息をついた。

土御門の掌に包み込まれた性器は、どくんどくんと脈打っていた。そこに、血と熱が流れ込んでいくのがわかる。土御門に触れられるのが気持ちよくてたまらないのだ。

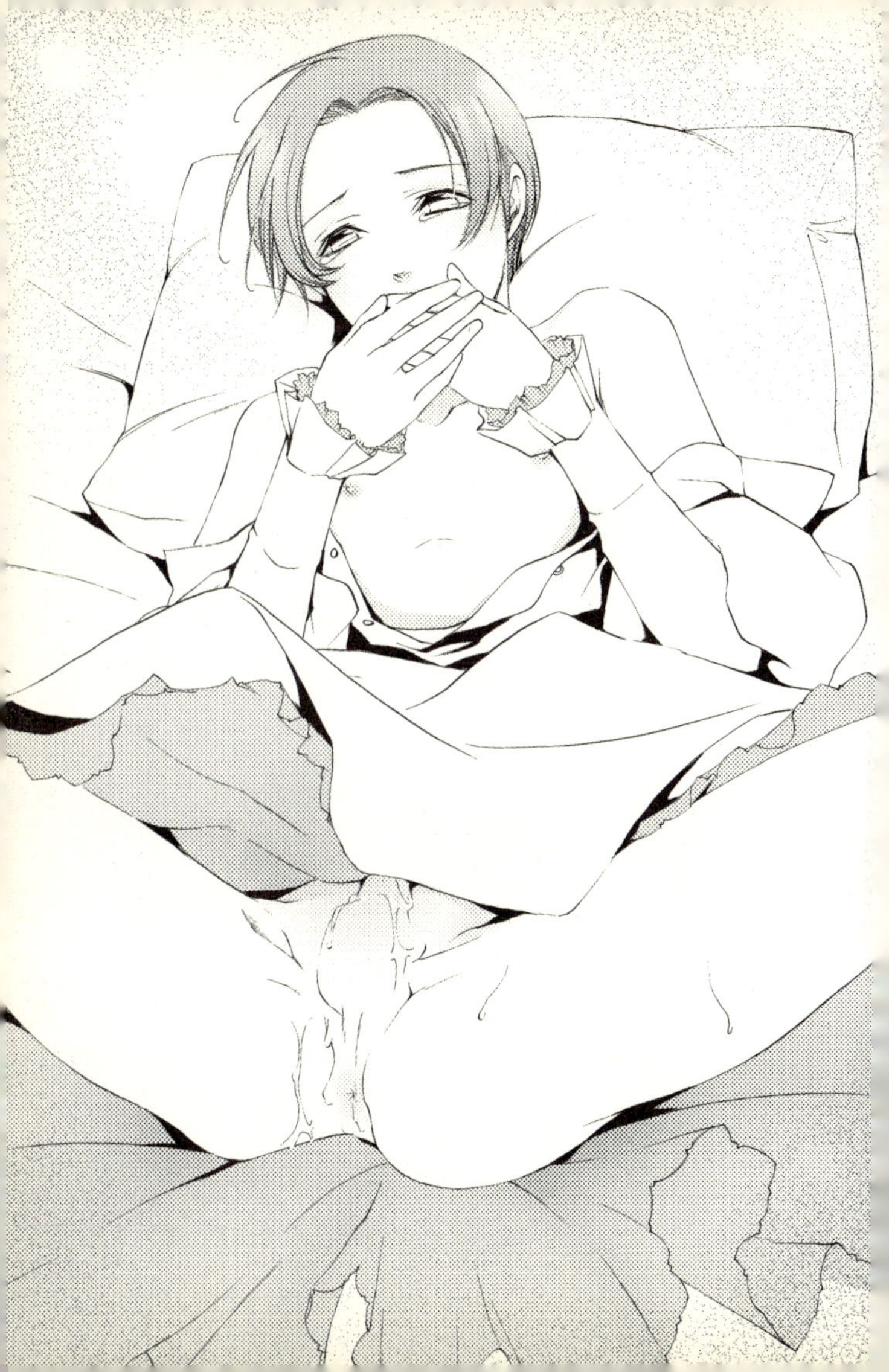

口腔を弄られ、理性を奪われているわけでもないのに。

感じてしまうのが悔しいけれども、体の反応を抑えることができない。こんなふうにじわじわと、追い上げられていってしまうなんて……。

（……俺は、へんになってる）

考えなくてもいい、感じればいいのだと言われても、そうはいかない。だって、こんなのは光明が望んだことじゃないはずなのに。嫌だと思うべきことなのだと――。

それなのに、逆らえないのはなぜだろう。

光明は、一生懸命考えようとした。

決してからかったり冗談めかしたりするわけでも、快楽で押し流そうとしているわけでもなく、今までになく真摯に、ひたすら光明を求めてくる男のことを。

そして、弱みである口腔を弄らず、光明を溺れさせようとしているのはなぜか、と。

（俺にも、求めさせたい？）

あたかも、土御門が光明を求めるように。

土御門は、相当ひねくれている。だから、光明にとっては意地悪としか思えない行為のひとつひとつが、もしかしたら彼の求める気持ち、そして光明の気を惹きたいという気持ちの表れなのかもしれない。

尋ねてやろうか？

けれども、当の本人がそれを邪魔する。

「……感じていればいいと、言っただろう?」

土御門が、ぐちゅりと光明の性器を握り込んだ。しとどに濡れたその場所は、淫らな水音を立てる。そして、光明から思考力を奪っていく。

「……っ、あ……や…」

びくびくと腰をしならせ、光明はあられもない声を上げた。口腔を除いては、そこが一番感じやすい場所なのだ。

「そう、いいんだね?」

「……っ、あ……」

「もう、ぬるぬるだ。こんなに感じて……」

「……ひっ…ん、あ……やぁ……」

「可愛いよ」

総毛立つほどの官能的な声に、光明は身震いする。

土御門の愛撫がいつもよりさらに濃やかで、甘いせいかもしれないが、光明自身も感じやすくなっているのかもしれない。熱を帯びた体は寝台の上で狂おしく乱れ、高まっていく。

「……っ、あ……は…あ……ん…っ」

光明の先走りのせいでぬめりを帯びた土御門の指が、後孔へと入り込んだ。そこは、既に男を咥え込む悦びをさんざん教えられているから、少し撫でられただけでだらしなく開いてしまう。

「力を抜きなさい」

「あぁっ」

「柔らかくしてあげるから……」

「……っ、だ…め……」

狭隘《きょうあい》な肉筒を指で弄られ、抜き差しされると、粘膜が疼きはじめてしまう。体内の感じやすい場所も、高ぶりきっている性器も、土御門の意のままだ。彼は光明に強い悦びを与えて、溶かしていく。

「……あ……だめ、だめ…ぇ………っ」

下腹にくっつきそうになっている性器が、ぶるりと震えた。もう駄目だ。我慢できない。

「駄目だ、我慢しなさい」

「くぅ……ん…っ」

土御門に性器の根本を抑え込まれ、光明は鼻を鳴らす。もう少しで達することができたのに、邪魔するなんてひどい。

涙目で睨みつけると、土御門は小さく笑う。

「我慢しなさい。いくなら、私を受け入れてからだよ」

「……あ…っ」

指を引き抜かれ、かわりにもっと大きくて熱いかたまりを後孔に押し当てられた。土御門の性器は高ぶっていた。

光明の胸は、どきりと高鳴る。性交のたびに、土御門の性器はこうなっていたはずなのに、今日ほど強く彼の熱を感じたことはなかった。突然、彼の存在を生々しいものに感じ、光明は逃げ腰になる。

けれども、土御門はそれを許してくれなかった。とても怪我人とは思えない力強さで、土御門は光明の腰を抱え込む。そして、光明を貫いた。

「あぁっ！」

土御門の腕の中で、光明の体はぴんと張りつめる。大きなものを、後孔がめいっぱい頬張っている。苦しいし、嫌なはずなのに、ものすごく体が熱くなっていた。気持ちよくて、仕方がなかった。もっと奥まで入って欲しいと、腰がうずうずと動いてしまう。

「……愛している、光明」

低く甘やかな声で、そんなふうに名を呼ばれたのも、愛していると打ち明けられたのも、初めてだ。

その途端、光明は達してしまっていた。

土御門が出ていったあとも、まだ体の奥深くがじんと痺れていた。

(なんで、こんなに熱いんだろ……)

今までだって、もっと激しいことをされたことだってあった。それなのに、ここまで熱くなったことはない。

体の芯が痺れ、こんなにも甘やかな余韻が光明の体を満たしたことも。

(……体で感じるって……あれ?)

土御門は、光明は頭で考えずに、感じたほうがいいのだと言っていた。けれども、体がこんなに甘く疼くなんてことは……。

(冗談じゃないぞ)

さっさと寝台を下りて、土御門から逃れたほうがいいのかもしれない。そうは思うけれども、光明は体を動かすことができない。

(ちょっと待てよ、どうして?)

光明は、ぼうっと土御門を見上げた。

甘い色合いをした彼の眼差しと出会う。その途端、光明は猛烈《もうれつ》に恥ずかしくなってきてしまった。

（なんで、そんな顔をしてるんだよ！）

ばたばたと身を捩《よじ》ろうとした光明を、土御門は押さえ込む。

「や……っ」

「どうしたんだね、光明？」

片腕で光明を抱き寄せた土御門は、光明の乱れた髪を撫でつけながら、いたずらっぽく囁く。

「そんな甘えん坊の顔して、暴れて……。もう一度、したいのか？」

「ち、違います！」

土御門にされたことが、嫌じゃなかったから大問題なのだ。冗談じゃない。いったい自分はいつから、土御門にいやらしいことをされて悦ぶ変態になってしまったのかと、光明は焦った。なんだか、涙まで出てくる。

「……でも、気持ちよかったんだろう？」

「え……っ」

「そして、その気持ちよかったことに戸惑《とまど》っている」

「……あ…」

低い声を耳朶に吹きかけられ、光明はどきりとする。どうして土御門に、そんなことがわかるのだろう? まるで彼は、すっかり光明の気持ちをお見通しみたいだ……。

土御門は、喉の奥でくっくっと笑っている。

「馬鹿の考え休むに似たり、だよ。まあ、君がどうしても悩みたいというのであれば、私は止めないが……。ぐるぐるしている君は可愛いからね。籠《かご》の中でくるくる回っている齧《げっ》歯類《しるい》みたいで」

「……俺は今、ひょっとして少佐に馬鹿にされていますか……?」

光明は、眉間に皺を寄せる。言葉の意味はわからなくても、微妙な雰囲気を察することぐらいできるのだ。

「私の名前は兵衛というんだよ。ちょっと呼んでみてごらん」

あいかわらず、土御門は光明の言葉にまともに答えるつもりはないようだ。微妙にずれたことを言い出す。

「……嫌です」

光明は、口唇を尖らせた。

「照れるから?」

「違います! ……だって、少佐は少佐だし」

「ふぅん?」

土御門は、思わせぶりに笑う。

「まあ、君が部下と上司という舞台立てを好むのであれば、私はそれで……」

「……少佐、俺の話を聞いていないでしょう」

「聞いているよ」

「嘘つき」

「嘘じゃない」

　土御門は瞳をいたずらっぽく輝かせると、こつりと光明の額に自分の額を押し当ててきた。

　そして、うっとり見とれてしまいそうになるほど綺麗に笑う。

「ただ、直球で返事をしていないだけだ」

「なお悪いです！」

　もう、こんな人につきあっていられない。本格的に土御門の体を押しのけようとした光明だが、土御門は両腕で光明を押さえにかかってきた。本当に怪我をしているのかと、そろそろ疑わしくなってくるほどの、力強さで。

「もう少し、こうしていよう」

「少佐……？」

「怒っても、呆れても、戸惑ってもいい。……私の腕の中で」

　真摯な眼差しが、光明の胸を射抜く。

「暴れる君を抑えつけて、可愛がってあげるから」

「……すごい、メーワク」

ぽつりと呟いた光明だが、なんとなく上目遣いになってしまう。頬が火照って、ひどく照れくさいような気がしたのだ。

「また可愛い顔になってるな」

口唇をちゅっと吸い上げられ、光明は頬を赤らめる。軽く吸われただけなのに、体がぞくんとした。何も、感じやすい場所というだけじゃなくて、とても接吻が温かく、甘かったからだと思う。

「もう少しだけ、今日は私に可愛がられていなさい」

冗談めかしながら、土御門は光明の顔中に接吻を施す。溶けそうなほどに甘く、熱い接吻だった。

いつになく心がこもっているように感じる。

そのせいか、光明は抵抗できない。

彼に捕まってしまう。

再び熱を帯びた眼差しで、土御門の端整な顔を見上げてから、光明はそっと目を閉じた。

彼がとっても甘くて優しいから、それに免じて今日は大人しくしていよう。

（いつも、こうはいかないけれども）

今度はきっと、また暴れる。少佐は変態だって、嫌がって泣いて……けれども、きっと離れられない。抱きしめられ、接吻されて、惑わされる。

——捕まる。

土御門はきっと自分を逃してくれない。そして、それをわかっているから、光明は余計に暴れてしまうんじゃないかと、そんな気がした。

それから、何が変わったというわけではなくて。

「やあ、高瀬少尉。明後日は、二人で葉山番だそうだよ」

宮中の馬場。

馬から下りたところで土御門に声をかけられて、光明は心底嫌そうな表情をしてしまった。

「えっ、少佐とですか」

よりにもよって、土御門なんかと泊まりの仕事なんて、ついていない。

「私は、ようやく怪我が癒《い》えたばかりだからね。君の働きに期待しているよ」

包帯を巻いていた時だって、よほど光明より機敏《きびん》に動いていたというのに、土御門はいけしゃあしゃあと笑顔を見せた。

既に、彼が撃たれてから数週間経《た》っている。土御門は、問題なく職務に復帰していた。

「……一緒に泊まるからって、不埒《ふらち》なことをしないでください」

「不埒なこと？」

土御門は、不穏な表情になる。

「不埒というのは、こういうことかな？」

いきなり顔を近づけてきたかと思うと、彼はさっと光明の口唇を奪った。

光明は、慌てて両手で口元を覆う。

「ここは宮中なのに……！」

「誰も見ていないよ」

「誰も見てなくても、ごめんです！」

「いや、誘われたのかと思って」

「誘ってないし！」

「楽しみだね、葉山が」

「……剣持隊長に、交替をお願いします。頭痛で腹痛で両親が危篤《きとく》で」

「絶対に聞き入れていただけないと思うが。物腰は優しくても、さぼりを許してくれるお人柄じゃない」

土御門は、大きな掌を光明の頭に載せた。

「任務には、差し障りがないようにしておいてあげるから」

「なんの話ですか！」

光明は、かっと頬を赤く染める。まったく、油断も隙もありはしない。

（ま、負けない……っ）

心の中で、光明は誓う。土御門の思い通りになるのは癪だった。

けれども、彼の大きな掌を払いのけようとは思わない。

先ほど触れられた口唇も、まだ甘く疼いたままだ。

——土御門に告白されたとはいえ、何か特別に変わったわけじゃない……つもりだ。でも、彼に触れられると、胸が甘く疼くことに気づくようになった。

けれども、悔しいから内緒だ。

（いまさら、嬉しいなんて言えないし。少佐のせいで、俺もヘンタイの仲間入りっていうのはちょっと……だいぶん、嫌だし）

もっとも、光明のささやかな意地なんて、土御門はお見通しのようだけれども。

「どうしたんだね？　大人しいな」

軽く鼻の頭をつつかれて、光明ははっと我にかえる。

「……少佐は変態だなあって、しみじみ感じ入っていただけです」

憎まれ口を叩いて、背を向ける。そうだ、馬に水をやらないといけないし。

「そうか。私は、君はなんて可愛いんだろうと思っていたのに」

背を向けても、土御門の腕が伸びてくる。そして光明は、たやすく捕まってしまう。

光明は土御門に捕まっていて、その腕の中で暴れたり嫌がったり怒ったりしているだけなのだと、こういうときには自覚しないでもなかった。

抱きしめられたその胸は、とても温かかった。

「……放してください」

「君から接吻してくれたら、放してあげよう」

「絶対に嫌です」

「じゃあ、私から接吻しよう」

「どっちにしてもするんですか!?」

迷惑だと騒ぐ光明の口唇を、土御門がさらっていく。

「ごちそうさま」

光明を弄って満足したのか、ようやく体が離れる。その腕が解かれていくことが、ほんの少しだけ残念だと思ってしまったことも内緒だ。

（一生、言ってやるもんか）

何が楽しいのか、くすくす笑っている土御門を背に、馬を連れて歩き出した光明は、自分の傍には生涯土御門がいるんだと思うことが自然になっていることには、あえて気づかないふりをした。

# 蛍の庭の愛妾

# 1

橘川大悟《きつかわだいご》が篠深春《しのみはる》に出会ったのは、士官学校の入学式のことだった。同じ制服に身を包んだ学生の群れの中にあって、彼だけが輝くばかりに美しく、大悟の視線は釘付けになったものだ。

亜麻色《あまいろ》に近い、さらさらした髪。気高《けだか》そうな眼差し、かたちのいい口唇が、見栄えよく配置された顔は気品が溢れ、その瞳の尊《とうと》く澄《す》んだ色に圧倒された。

あまりにも美しい顔立ちをしているから、最初は男装の麗人かと思ったものだ。

豪商橘川一族に生まれた大悟の周りには、常に美しい貴婦人たちが群がっていた。爵位はないが、政府とゆかり深い橘川一族の男子である大悟の妻として、自分の娘をめあわせようと狙っている華族も珍しくはなかった。

だが、並み居る華族令嬢の誰よりも深春は気品に溢れ、美しかった。

彼が篠伯爵家の次男であるという話を聞いて、大悟は納得したものだ。篠家といえば、古くからある家柄華族の中でも、とりわけ由緒正しい家柄だ。なるほど、あの気高さはそのせいなのか……と。

　自分とは違い、教養と品格を深春から感じた。そのせいもあり、すっかり彼に参ってしまったのかもしれない。人は、自分にないものを求めるものだ。

　洋行帰りの父からは自由闊達《じゆうかったつ》な教育を受けた大悟は、どちらかというと体を動かすことが好きで、気の利いた会話を楽しむというよりは、馬を走らせたり剣を振るっていたりするほうが好きだった。

　だから、軍人になる道を選んだ。

　父は大悟には甘かった。それで、最初から商売の道に入るようには言わず、軍部との顔つなぎ役になることも期待しつつ、大悟に好きな道を選ばせてくれたのだった。

　そこで出会ったのが、深春だ。

　大悟はもともと、人づきあいが苦にならない性格だ。それに、商人の家に生まれた以上、人の縁は大切にするべきだという教育を父から受けていたこともあり、積極的に友人を作るようにしていた。

　深春に興味を持った大悟は、当然のごとく、声をかけてみた。

　ところが、たいていの人間に嫌われたという経験のない大悟だが、彼には手ひどく嫌われてしまったらしい。生まれてはじめてというくらい、冷ややかな対応をされたのだ。

（俺が、何をしたっていうんだ）

深春に見られていることに気づき、大悟は眉を寄せた。

馬場での馬術教練の最中、視線に気づく。

深春からの、視線だ。

（いったい、なんだ……）

すでに、士官学校に入って二年。

大悟と深春は、同期の間でも有名な険悪な仲になっていた。

特に、なにをしたというわけではない。

大悟はきわめて友好的に近づこうとしたのに、深春は大悟が気に入らないようだ。声をかけてもろくに返事をしてくれないし、なにかといえば、ふいっと顔を背けられてしまう。

もちろん、彼から大悟に声をかけてくるなんていうことは、絶対になかった。

そのくせ、ときおりこうして、彼からの視線を感じるのだ。

まるで、睨みつけているような。

「……橘川、どうした？」

傍らにいた仲のいい同期に声をかけられ、大悟はぶっきらぼうに言う。

「お姫さまに睨まれていた」

「なに、また何か、とは人聞きが悪いな。まったく、扱いづらいお姫さまだ」

「また何かしたのか？」

その声は、当然のごとく深春に聞こえたようだ。

彼は細い眉をつり上げて、ますます険《けわ》しい表情になる。

華族出身であるという矜持《きょうじ》のせいか、深春はあまり同期には関わらない。ただ、そんな彼にも崇拝者《すうはいしゃ》はいて、何人かの取り巻きが群がっている。

それを見ると、大悟はまたおもしろくない気分になる。

深春の取り巻きなんて、あからさまに彼の騎士気取りだ。それどころか、下衆《げす》な欲望が透けて見えているときがある。

そんな奴らは侍らせているのに、どうして大悟相手だと敵意をあらわにするのだろうか。

よほど、ちやほやされるのが好きか。それとも……。

(平民が金と権力を握るのが、気にくわないってのか。華族様は)

篠伯爵家も事業をしているが、それほど上手くはいっていないという。特権階級の人間として、政府にも強い影響力を持つ平民の橘川家の人間がおもしろくないのかもしれない。

だが、深春はそんなに下世話な考え方をしているようにも思えないのだ。

彼の眼差しはあくまで清廉で、その姿形は優美そのもの。犯しがたい美しさで全身が輝いているようだった。

それに、どれだけ取り巻きに囲まれていても、深春はふいに寂しげな、心細そうな表情を見せることがある。

我ながら単純だとは思うのだが、その表情を見せられると、大悟はたまらない気分になった。自分が傍にいたら、絶対にそんな顔をさせないと、誰にともなく、もちろん誰よりも深春自身に訴えかけたくなった。

だが、実際には深春と大悟の距離は遠く、歩み寄ることなどないままなのだ。

深春はひとしきり大悟を睨みつけたかと思うと、馬のたてがみを撫ではじめた。細く華奢な指には手綱など似合わないように見えるが、ああ見えて深春は乗馬の名手だ。大悟も、一目置いている。

深春自身、馬術が得意だという自覚はあるのだろう。馬術教練の時間が、一番活き活きとしている。

だが、今日は少し様子がおかしい。

外での教練も多い士官学校生だというのに、深春はもともと色白だったが、その白皙《はくせき》の頬が、青ざめているようにも見えた。

季節は夏で、日は高く、油蟬《あぶらぜみ》がうるさいくらいに鳴き続けているというのに、深春の顔にだけは陰りが落ちているようだった。

（……どうかしたのか？）

大悟は、深春の様子が気になって仕方がなくなる。

よく見ると、動きも鈍い。

いつもならば、軽々と馬に乗る深春だが、どことなくゆっくりとした動きになっている。

もしかして、体調が悪いのだろうか？

馬に乗った大悟は手綱を繰って、深春へと馬を並べた。

「なんの用だ」

深春は、冷ややかに大悟を睨みつけてくる。

「いや、本物のお姫様みたいに、しずしずと馬に乗るから、どうしたのかと思ったんだ」

深春の非友好的な態度を前にすると、子供っぽい話なのだが、大悟もつい大人げない態度に出てしまう。

「……君には関係ない」

彼とは親しくなりたいと願っていたはずなのに、どうしても上手くいかないのだ。

深春はあからさまに機嫌を悪くしたようで、つんと顔を背けてしまうと、馬を巡らせ、わざとらしいくらい勢いよく、大悟から離れていく。

（しまった……）

後悔しても、もう遅い。

なにも、あんな言い方をしたかったわけではないのだが。

どうにも、深春に対しては、憎まれ口を叩くのがくせになっているようだ。

普段の彼は、大悟に対して睨みつけるか無関心か……そのどちらかでしかない。

だが、彼の誇りを傷つけるようなことを言うと、そのときだけあの高貴な眼差しが真っ直ぐに大悟に向けられる。

我ながら救いがたい話だが、それが大悟にとってはお楽しみになりかけているのかもしれない。

憎まれ口を叩いてしまったものの、深春の容態がどうにも気になって、大悟はちらちらと彼のほうへ視線を向けてしまっていた。

みるみるうちに、深春の調子は悪くなっていく。

取り巻きの連中も気づいているだろうに、意地っ張りの深春に気を遣ってか、何も言う様子はない。

（あれだけ人数がいて、どいつもこいつも役立たずめ……。お追従《ついしょう》を言うしか、能がないのか）

大悟は内心で、深春の取り巻きを罵った。

まったく、あんな連中を傍においているなんて、深春はいったい何を考えているんだろう。

取り巻きどころか、深春自身にも苛立《いらだ》ち始めていた大悟だが、とうとう馬上の深春が体勢を崩したのを見て、黙っていられなくなった。

もともと、深春が気にかかって、傍近くに少しずつ寄っていたのが幸いした。深春が落馬する寸前に、大悟は馬から飛び降り、彼の体を受け止めたのだ。

「篠！」

「篠君！」

周りで、取り巻きが驚いたような声を上げている。

「大丈夫か、篠」

大悟は軽く揺するが、どうやら深春は気を失っているようだ。

「う……っ」

小さく声を漏らすが、深春はなかなか目を覚まさない。

取り巻きたちが、悲痛《ひつう》な声を上げた。

見ているぐらいなら、手を差し伸べろと、大悟は周りを睨みつけた。

「こいつは、医務室に連れていく。たぶん、貧血だろう」

ところがそんな大悟に、深春の取り巻きたちは、胡乱《うろん》げな視線を向けた。

「それにしても、橘川は無茶をするな」

「そうだ。下手したら、おまえも下敷きだ」

どうしてそこまでするのか。反目《はんもく》しているくせにと、彼らの眼差しは大悟を問い詰めているかのようだった。

「……知るか」

反論の言葉は、少し小さくなってしまったのかもしれない。

自分でも、驚いている。

そして、大悟の友人たちも、目を丸くしていた。

普段、あからさまに仲が悪い大悟が、深春を助けるとは思わなかったのだろう。

しかも、危険を冒《おか》してまで。

もっとも、大悟は本当に咄嗟に体が動いただけだったのだが。

(いや、そのほうがたちが悪いような気がする……)

大悟は無表情を装ったものの、内心はうろたえていた。自分がどうして、深春を助けてしまったのか。その意味は、あまりつきつめて考えたくはなかった。覗き込んではいけない自分の心の深い部分に、目を向けてしまうことになりそうだから。

大悟は深春を抱き上げると、驚いて近寄ってきた馬術教官に声をかけた。

「教官殿、篠が失神したようです。自分が医務教官殿のもとに連れていきます」

「あ、ああ……。そうしてくれ。大事はないか？」

「はい、完全に落ちたわけではありません」

自分の腕の中でぐったりしている深春を、大悟は一瞥《いちべつ》する。

顔は、まだ真っ青だ。

おそらく、貧血だろう。

婦人みたいな病気になるやつだなと、心の中で悪態《あくたい》をつきかけた大悟だが、その「婦人」という言葉に、自分で思い浮かべてどきりとした。

それどころか、婦人以上に深春が美しい顔かたちをしていることを、意識してしまったのだ。

（何を考えているんだ、俺は……）

大悟は小さく頭を振る。

とにかく、今は深春を医務官に見せることが先だ。

ざわめく同期たちを尻目に、大悟は深春を抱えて歩き出した。

細身とはいえ、深春はそれなりに長身だ。一歩一歩、大悟は踏みしめるように歩いた。
ところが、ようやく辿りついたのに、医務室に人がいない。
どこかへ、医務官は出歩いているのだろう。
（とりあえず、寝かせよう……）
大悟は、深春を寝台に横たえた。
「……っ、う……」
寝台に横たえた衝撃のせいか、深春が小さく呻く。
細い眉は、寄せられてしまっていた。
「……苦しいのか……？」
話しかけても、まだ意識は戻らないらしく、反応はない。
（襟元を緩めてやったほうがいいだろうか）
大悟は、深春の襟元の釦《ぼたん》を外しはじめる。
すると、少しも日焼けしていない首筋や鎖骨《さこつ》の辺りがあらわになった。
深春が、わずかに身じろぎをする。
そのときに、反《そ》らされた喉の白さ、なまめかしさに、大悟は息を呑んでしまった。
体が、かっと熱くなったような気がする。
（今、俺は何を考えたんだ!?）

並の十代よりは色事の経験があるものの、大悟はそんなに羽目を外して遊び回っているわけではない。

そのためか、今体に走った戦慄《せんりつ》は、初めて感じる強烈なものだった。

たかが同性の、日焼けしていない喉元を見ただけで、こんなに狼狽するなんて……。

(俺は、いったいどうなっているんだ？)

これはマズい。

心の中では、警鐘が鳴り響いている。

さっさと深春を置いて、医務官を捜しに行くべきだ。

そう思っているのに、さらけ出させてしまった深春の白い肌から、目が離せない。

大悟は、ごくりと息を呑んだ。


深春の喉は、最初は苦しげに、頻繁《ひんぱん》に上下していた。それが、少しずつ呼吸が楽になっていっているらしい。なだらかな凹凸《おうとつ》のある喉はなまめかしく、かすかに浮いた汗がつっと辿っていく。

その汗は、鎖骨へと落ちていった。

深春は、鎖骨までも華奢だ。

そのあたりの肌は日に当たることがほとんどないせいか、まるで陶器のような白さだ。女の肌のようだ。

匂いたつようななまめかしさに誘われるように、大悟はそこに触れてしまった。

深春の肌は柔らかく、滑らかだ。大悟の指を捕らえて、放してくれない。大悟は、深春に視線が釘付けになり、そのまま動くこともできなかった。

「あ……」

くすぐられたことに気づいたのか、深春があえかな声を漏らす。

かたちのいい口唇が開き、健康そうな歯がちらりと見えた。

その口唇は、二、三回開閉する。

まるで、誘い込むかのように。

その瞬間、全身を雷《かみなり》で打たれたような衝撃が走る。

「く……そ……っ」

大悟は呻いた。

その瞬間、理性は飛んだ。

大悟はいまだ目を瞑ったままの深春へと、口づけてしまったのだ。

彼が目を覚ましたら、どうなるか。きっと、大変な騒ぎになる。

そういう理性的な判断が頭を掠めたのに、大悟は自分を抑えられなかった。

「……ん、ふ……」

口唇を重ねると、深春は甘く、鼻にかかったような声を漏らした。

だが、深春の口唇の味は、そのなまめかしい声よりもずっと甘かった。

大悟の体の芯は、かっと熱くなる。

いくら何でも、これ以上はまずい。

まだ深春が目を覚ましていないのならば、今のうちだ。それを幸いとして、離れなくては……。

理性では、わかっている。だが、そのわかっていることが実行できない。

大悟は、狂おしいほどの懊悩《おうのう》に苛まれていた。

深春のなまめかしい肌から、いまだ指は離れず、口唇の味が忘れられない。

「……起きないのか、篠……」

深春は、身じろぎをしない。

「深春……」

思い切って名前を呼んでも、反応はなかった。

いつもならばきっと、「なれなれしく呼ぶな、無礼者！」と平手打ちが飛んでくるところだろう。

だが、今の深春は眠っている。

大悟の心を満たすと同時に傷つける、あの反抗的な態度をとらないのだ。

大悟は、深春の釦をさらに外す。すると、平らで白い胸元があらわになり、そこにある突起の官能的な赤に目を奪われてしまった。

「……本当に、目を覚まさないのか?」

大悟は、おそるおそる尋ねる。

「このままだったら、俺は……」

その先の言葉は、かたちにならなかった。

大悟は本能のまま、深春へと食らいついたのだった。


深春の制服を暴いていく。理想的に肉がついた白い体を前に、大悟は自分が欲情しきっていることを認めた。

下肢が、痛いほど熱くなっている。

今にもはちきれてしまいそうだ。

深春は体毛が薄く、色白で、本当に女のような体だ。ただ、ふくよかな胸はないし、性器は紛れもなく男のかたちをしていた。

その性器を覆う下生えの陰りすら、深春は色っぽい。

大悟は、興奮のあまり喉がからからに渇《かわ》きはじめていることを感じた。

「……深春……」

名前を呼び、再び口唇を奪う。

だが、深春は反応しない。

誘うように開かれた口唇へと舌を差し込むが、彼は身じろぎひとつしなかった。

誘惑に耐えきれず、大悟はとうとう深春の舌を吸う。彼の舌はとても甘かった。唾液がどっと溢れるが、それすらも啜る。

ぴちゃぴちゃと、濡れた音がした。

ところが、深春は目を開かない。

(嘘だろ……)

貪るように接吻をしながら、大悟は狼狽していた。いくらなんでも、ここまでして目が覚めないなどということがあるのだろうか。

(……もしかして、眠ったふりか？)

だが、どうして深春が、こんな真似に甘んじているのだろうか。

「……なあ、本当に寝てるのか？」

わずかに口唇を浮かせた大悟は、静かに深春へと問いかけた。

「ここまでして……。起きないなどということがあるのか、深春」

語りかけても、深春は返事をしない。

大悟との接吻に濡れた口唇はますます色味をまして、ただ欲情を掻き立てるだけだ。

「わざとか？　俺のなすがままに……」

そんな都合のいいことが、あるはずはない。

深春は、大悟を嫌っているのだから。

「なあ、深春。起きなければ続けるぞ？」

大悟は思い切って、深春の性器を握った。男と寝た経験はないのだが、それが深春のものだと思えば、ためらいもなく触れられた。

それどころか、彼の快楽を引き出すことができているのだと思うと、それだけで欲望が嵩《かさ》を増していく。

「……犯すぞ」

低い声で囁いても、深春は目を見開かない。

白い肢体が、大悟に投げ出されているのだ。

もう、大悟はその魅惑にあらがえなかった。

「……っ」

再び口唇を貪りながら、大悟は深春の性器を握り込む。そして、自分のものを弄ぶときのように、軽く付け根から握り、さすった。

すると、深春のものは、大悟の手の中で張り詰めはじめる。先端からぬめりを帯びた先走りが溢れ、色を少しずつ変えゆく幹《みき》を濡らすのだ。

「感じてるのか、俺に触れられて……」

大悟は喉を鳴らす。

深春が自分の手管で感じているということが、たとえ彼が目を覚まさないままであっても、強烈な悦びになったのだ。

「……女みたいな顔をして、おまえでもここに触れられると感じるのか」

からかうように言葉をかけても、深春は目を開かない。性器だけ、しっかり反応させているくせに、こんな都合のいいことがあるのだろうか。

（……白昼夢《はくちゅうむ》……）

そんな単語が、大悟の胸に浮かぶ。

これは、暑い夏の日が見せた幻だろうか。

貧血で落馬した深春と同じく、自分も暑さで倒れたのかもしれない。

互いに汗ばんでいるはずだが、少しも気にならなかった。大悟は深春の性器を擦りながら、彼の肌を吸う。

柔らかい白い肌には、赤い痕があちらこちらに散りはじめた。

肌を強く吸うと、深春はぴくりと体を動かす。しかし、決して目を覚ましたりはしない。

呼吸だけが、甘く乱れていく。

「……いやらしいやつだな、深春。女みたいに乳首が尖ってるぞ」

平らな胸の突起を舐めまわしながら、大悟は囁く。

そこは小さく慎《つつ》ましやかだ。それなのに、感じればしこってくる。まるで人形のような美貌の持ち主である深春だが、肉体の反応は生々しかった。

それが、大悟を興奮させる。

くちゅちゅぷと夢中で音を立てながら吸い、愛撫してやると、深春は緩やかに胸をのけぞらせる。だが、決して目を開かない。

(……いっそ、起きるな)

大悟は、心の中で呟く。

たとえ今、深春が目を覚まして、「無礼者!」と勢いよく大悟を殴ったとしても、大悟は止まらないだろう。

きっと、最後までしてしまう。

――深春を抱きたい。

その欲望が、ようやく大悟の中でかたちになった。

ただ親しくなりたいというわけではないのだ。

深春を抱きたかった。

自分のものにしたかった。

深春に欲望を向けているくせに、手を出すことはできずにあがめている彼の取り巻きも、取り巻きの欲望に無頓着《むとんちゃく》な深春にも苛立ったのは、そのせいだ。

大悟は深春を、こうして抱きたかった。性的な欲望を、向けていたのだ。

いつからなのか、自分でもわからないが。

大悟には、もうためらいがなかった。

自覚が後押しするように、深春の性器へと食らいつく。これが、欲しかったものだ。深春の欲望が。

無遠慮に口淫《こういん》を続けていると、口の中には深春の味が広がった。汗より濃い。きっと、血よりも。早く欲望の証《あかし》がほしくて、大悟は一心不乱でそれを啜り続ける。

「……っ！」

やがて、大きく膨らんだ深春の性器は、ぶるぶると震えはじめると、大悟の口腔の中で思いっきり弾けた。

口内に溢れた精液を、大悟は一滴残らず飲み干す。

それが深春のものだと思うと、嫌悪感は一切なかった。

それどころか、何よりも美味しいものに感じられた。

濡れた口元を拭った大悟の瞳は、すでに溢れる獣性を抑えられなかった。

大悟は投げ出された深春の脚を左右に開き、狭間を露出させる。

「……犯すぞ、おまえを」

言葉に出して告げながら、大悟は深春の後孔に触れた。そこは頑なで、慎ましやかだ。

「目を開けなければ……いや、開いてももう止められない」

濡れた指でそっと押し開く。

深春の中は、欲情を誘う赤だ。まるで、石榴《ざくろ》のようだった。その赤い粘膜が自分の指を受け入れた瞬間、大悟の体を得も言われぬ感激が貫く。

ここで、自分たちは一つになるのだ。

近づくことすらできなかった、高嶺《たかね》の花と。

誰よりも清廉で尊いと思って、ついふざけて「お姫様」などというあだ名をつけてしまった深春を、とうとう手折《たお》れる。

大悟は無我夢中で、深春の中をほぐしていく。指で、舌で、たっぷり濡らし、開いていく。

深春の中は熱く、そしてとても柔らかく、大悟を夢中にさせた。

やがて深春が指を三本受け入れられるようになると、大悟はもう待てなかった。自分の猛った性器を深春の後孔に押し当て、深く貫こうとする。

とうとう、彼を自分のものにできるのだ。

ところが、その瞬間。

深春のうす茶色の瞳が開く。

「……！」

大悟は息を呑んだ。

薄茶色の瞳は怒りどころか侮蔑《ぶべつ》を湛えて、そしてその口唇はいつものように冷たく――。

## 2

大悟は、はっと目を見開いた。

背中には、冷や汗を掻いている。

(なんだ、今のは……)

一瞬、今自分がどこにいるのかわからない。それほど、大悟は狼狽していた。

あたりは闇。

そして、自分はなにか柔らかいものを枕に横たわっているようだった。

闇の中を、ちらちらと小さな明かりが飛び交っている。

蛍《ほたる》だ。

ようやく、大悟は我にかえった。

今、大悟がいるのは、自宅である蛍花舎《けいかしゃ》だ。

橘川家の本邸は、広大な蛍花園と呼ばれる庭園を擁《よう》しているのだが、蛍花舎はその中央にある。

今、大悟は士官学校生ではない。二十八歳になっており、愛してやまない相手と、この蛍花舎で暮らしているのだ。

——かつて触れられない高嶺の花として仰《あお》ぐだけだった、篠深春と。

どうやら大悟は、うたた寝をしていたようだ。

（なんて夢だ……）

苦々《にがにが》しい気分で、大悟は今見た夢を思い返した。

実際のところ、大悟が落馬しかけた深春を抱きとめたということはあったのだが、そのあとは、恩を仇《あだ》で返された。

医務室に親切に連れていった大悟が、深春の襟元の釦を緩めてやろうとしたそのとき、彼は顔を真っ赤にして、「無礼者！」と平手一発。

深春はよほど狼狽したのか、一切手加減なしで大悟をひっぱたいた。おかげで大悟は、かなりひどく顔を腫らしてしまうことになったのだ。

（……だが、あのとき、初めて深春に欲情したことは間違いない）

あの、なまめかしい白い喉に。

だが、それはもう遠い昔だ。

あのときから、すでに一昔と呼べる時間が経っている。

しかし、うたた寝するなんて、一仕事終わって、気が抜けていたのだろうか……。

今日は、大悟が所属している近衛特殊部隊『常磐《ときわ》』の隊員や関係者を招いての蛍狩りの宴《うたげ》だった。

実は、この国を統《す》べたもう主上と、その寵愛厚き葉山《はやま》のあたりの御息所《みやすんどころ》、そしてたった一人の男御子が、この宴には招かれていた。もちろん、本当にごく内々のことで、常磐の人間と、側近しか知らない。話が漏れたら、問題になるだろう。御息所や御子だけではなく、主上のお忍びだ。『常磐』どころか、侍従武官《じじゆうぶかん》や近衛隊の一部もかり出されている。

もともとは、せっかく夏になったことだし、みんなで蛍でも眺めてのんびりしようじゃないかという提案から、常磐の内々で蛍狩りでもしないかという話が、ことの発端だった。とはいえ、『常磐』の仕事は警護だから、とうてい隊員全員を蛍狩りに招くことはできない。その話を小耳に挟んだのか、つれづれの御息所の無聊《ぶりよう》を慰めることもかねてと、『常磐』の創設者であり後見人でもある、宮中の実力者、山科克久《やましなかつひさ》公爵の計らいで、御息所もお忍びでおでましになることになった。

もし可能ならば、そろそろ活発に動き回るようになってきた御子もご一緒にと——そうすれば、『常磐』の隊員は全員橘川邸に来ることになる——山科が言い出したところ、主上までも「朕《ちん》も蛍を見たい」と所望され、日本語としてはおかしいのだが、大々的なお忍びになってしまった。

もっともそれは単なる気まぐれではなくて、この先おそらく、主上と御息所、そして御子との三人が、親子水入らずで過ごすことはないだろうという、切ない事情があったのだ。御子は、主上の正妻である雲の上の后《きさき》の実子として、育てられている。御息所が生母であることは知らないし、もちろん公に逢うことも許されない。

だが、こうしてお忍びであれば。

これが最初で最後の機会であれば……。

今頃御子は、父である主上と、生母である御息所の間に挟まれ、蛍狩りの楽しい想い出を話しながら、眠っていることだろう。たとえ御息所を母と知らず、お忍びの世話をしてくれる女官の一人とくらいにしか、思っていないにしても。

おそらく、三人にとってはもう二度と訪れることはない夜なのだ。

常磐の隊員たちの息抜きというよりは、最終的にそちらが主目的になってしまったものの、宴は大成功に終わった。

大悟の父親が大張り切りだったこともあって、なかなか華やかなものだったのだ。

これで主上と山科に恩が売れれば安いものだと、大悟の父親は思っているに違いない。

「……なにを惚《ほう》けている」

顔の上から、声が降ってくる。

大悟は、はっと顔を上げた。

すると、大悟を窺うように顔を覗き込んでいたのは、深春だった。

彼は片手に団扇《うちわ》を持ち、珍しいことに大悟に膝枕をしてくれているらしい。

「……深春……」

蛍狩りの間は軍服だったのだが、今の深春は鮮やかな浴衣《ゆかた》姿だ。紺色の、そう取り立てて派手な柄のものを着ているわけではないのに、彼の美しさ、華やかさは、輝くばかりだった。

出会った頃から、彼の輝きが色あせることはない。

『常磐』は、さりげなく美形が多いのだが、深春ほど美しい隊員はいないと、大悟は思っている。

「……おまえが、膝枕……か」

どういう風の吹き回しだろうか。

あまりにも珍しいから思わず呟いてしまったら、深春はむっとしたように眉間に皺を寄せると、大悟を膝から叩き落とした。

「目を覚ましたなら、さっさとどけ。だいたい、主上のお忍びがあるという時にうたた寝など、たるんでいる」

毒づく深春だが、目元はほんのり赤かった。

どうやら、うたた寝した大悟に膝枕をしたあげく、団扇で扇《あお》いでしまったことが知られて、照れくさくて仕方がないようだ。

たとえ心が通じ合っても、深春は意地っ張りで気位が高いままだ。大悟が欲しくてたまらなかった高嶺の花は、決してこの腕に堕《お》ちてくることはない。

(物理的にはともかくな)

落馬した深春の弱々しさを思い出すと、大悟は複雑な心境になる。深春にはいつまでも、高慢《こうまん》なほど気位高くあってほしい。

深春がそうでありつづけるために、大悟は全力で彼を守る。

決して、深春は自分相手に膝を折ることはないのだ。

ただ、愛してくれれば……。

「……もう、雲の上の方々はおやすみでいらっしゃる。夜の警護は侍従武官たちだろう?」

大悟は、深春をそっと抱き寄せた。

「俺たちは、もう休息だ」

「……やめろ」

夢の中と違って、深春は抗う。団扇で、大悟を押しやる。

「皆、母屋に泊まっている。ここはいつもどおり、俺たちだけだ」

「客人がいるんだ」

「あ……っ」

起き上がり、強引に抱き寄せると、深春は体の均衡《きんこう》を崩してしまう。その体を、大悟はすかさず抱き留め、組み敷いた。

「……っ」

深春は悔しげに、大悟を睨みつけた。

まなじりは、ほんのり赤い。

（どうして、昔は気づかなかったのだろうか）

自分を睨みつけてくる薄茶色の瞳がいとおしく、大悟は微笑んでしまう。

（こいつのこれは、ただの照れ隠しだ）

大悟が深春を意識していたように、深春もまた大悟を意識してくれていた。

それを知ったのは、ずっとあとのことだった。

二人そろって、回り道をしたものだ。

当時の深春は、人付き合いが不得手で、取り巻きのように深春に合わせてくれるような相手としかつきあえなくて、彼なりに悩んでいたことも、大悟はようやく知った。

意地っ張りで、気位が高い深春。

でも、不器用で繊細な一面、そして何よりも深い愛情を持っている……。

そんな彼が、大悟はいとおしくてたまらない。

回り道の途中に、大悟は深春のつれなさに傷ついたし、誇り高い深春を辱めることで、傷つけもした。

だが、今はこうして寄り添っている。

素直ではない深春だが、彼は大悟を受け入れてくれたのだ。

こうして睨みつけてきても、頬を染めている。自分と同じ年だというのに、そんなところを見せられると、可愛らしくてたまらなかった。

「……何をにやにやしている」

深春は、ふと顔を背けた。

「眠っているときから、そうだった。……もっとも、最後は苦しそうな顔をして飛び起きたが」

「……ああ、それは」

大悟は、溜息をついた。

さすがに、今見た夢を語るつもりはないけれども。

「おまえに、『無礼者！』と言われて殴られるところで、目が覚めたんだ」

「……今、それを正夢にしてやってもいいんだぞ」

まなじりをつり上げた深春をあやすように、大悟は口唇を押し当てた。

「そんなにむきになるな。懐かしい夢を見ていたんだ」

「……懐かしい夢？」

「ああ……」

「いい夢だったのか？」

「……ああ、そうだな……」

夢の中の、何をしても目を覚まさなかった深春の姿を思い出す。

あの人形めいた深春も、倒錯的《とうさくてき》な官能を掻き立てられて、悪くない。

だが大悟は、こうして腕の中で、隙あれば爪を立ててくる深春のほうが愛しいのだ。

「おまえと共寝で見る夢のほうが、ずっといい」

「……馬鹿か……」

深春は、呆れたように呟く。

だが、夜目にも首筋が赤くなっていることがわかった。

大悟を誘惑した、あの細い首筋だ。

「……おまえのここは、色っぽいな」

浴衣の襟元をくつろげながら、大悟は深春の首筋に舌を這わせる。

「な……っ」

深春は慌てたように上擦った声を漏らすが、突き飛ばしたりはしなかった。軽く身じろぎすると、彼の性器が硬くなりはじめていることがわかる。彼もまた、感じている。大悟を欲しているのだ。

互いに求めあっているいることほど、幸せなことはない。

「蛍の明かりに照らされながら交わるというのも、一興だな。おまえの白い肌が、青ざめた光でよりいっそう白く見える」

「戯《ざ》れ言《ごと》を……」

身をよじろうとした深春を、大悟はたった一言で止めた。

「……愛している、深春」

「……」

深春は、じっと大悟を見上げた。

その言葉が、深春を縛っている。これほど、幸福なことはない。

大悟を捕らえてやまない清廉な瞳を向けてきた深春は、そっと大悟の背に腕を回してきた。

「俺もだ、大悟……」

応えてくれる体が、言葉がある。

結ばれてどれほど経っても、大悟はこれだけで幸せになれる。

片恋をしていた期間が長かったせいもあるし、それほど深く深春を思っているからだ。

「愛している」

何度も言葉を繰り返しながら、大悟は深春に接吻を始めた。

「ん……」

まだ照れがあるようで、深春は自分からは積極的にならない。だが、心地よさそうに目を閉じてくれる。

彼は激しい行為より、こういう他愛のない戯れが好きらしい。それに気づいてからは、大悟はたっぷりと前戯《ぜんぎ》に時間をかけるようにしている。そして、この愛しくてたまらない体をじっくりと溶かしていくのだ。

「……今日は、どうされたい？　乳首か、それとも、もう――か」

接吻を繰り返しながら、大悟は深春の体のあちらこちらをまさぐる。もちろん、気位の高い彼が応えてくれることはない。だが、大悟は根気強く愛撫を繰り返す。

濃《こま》やかに愛撫を重ねていけば、必ず深春は陥落《かんらく》する。

彼は、愛撫に弱い、感じやすい体の持ち主だ。

「……っ、あ……たい、ご……っ…も、う……」

乳首を丹念に吸い、柔らかく性器を揉《も》んでいると、深春の声はどんどん甘く掠れたものになっていった。

「……ん、も、だめ……」

「それでは、わからない。……どうされたい？　おまえの好きな方法で達かせてやろう。乳首にするか？　こんなに膨らませて……」

「……っ、や……ぁ……め、て……」

「では、――か？」

「……ちがう……っ！」

深春はしきりに頭を横に振ると、とうとう膝頭を開いた。

そして、はぜた石榴よりも赤い、秘所を自らさらけ出した。

「……も、おく……へ…」

「欲しいのか」

「一緒に……」

はあ……っと、溜息のように息をついて、深春は誘う。

その魅惑に、大悟が抗えるはずもない。

「……愛している……」

言い尽くしても足りないほどの言葉を、何度も何度も繰り返しながら、大悟は深春を貫いていく。

「……あ…っ、たい……ご……あ、すご……い、おおきく……て……っ」

めいっぱい脚を開きながら、誇り高い深春があられもない声を上げる。そして、身をよじり、よがる。

(俺のものだ)

独占欲が満たされていく。

(俺だけのものなんだ……!)

歓喜を表すように、大悟の性器はどんどん猛っていく。それで深春の奥を突くと、深春は感極まったように髪を振り乱し、あられもない声を上げた。

「……ひ、あ……そんな奥、まで…………っ、いや、あ……おかしくなる、おかしくなってしまう!」

「ああ……。おかしくなれ。俺も一緒に……」

「……ひ、あ……いや、こんな、あ……っああ……っ!」

肉杭を激しく抜き差しするだけで、深春は高まっていく。そして、彼が弾けると同時に、大悟もまた達していた。

「……どうしたんだ、今日は……」

いつもよりも、甘えたような、柔らかい声で深春が問う。どこか茫洋《ぼうよう》としているのは、いまだ絶頂の余韻に浸っているからだ。

三度ほど高みを極めたものの、いまだ二人は結合をほどいていない。大悟は深春の汗に濡れた体を丹念に舐めていた。

それが、深春にも心地いいようだ。彼はけだるげな表情で、大人しく大悟へと身を任せていた。

「何が？」

問い返すと、深春は顔を背けた。

「……いつもと、違う……」

「……そうか？」

「ああ。いつもよりも、その」

深春はとても歯切れが悪い。彼は、性的な快楽を口に出すことをとても恥じらう。どれだけ交わっても、それは変わらない。その初々しさが、また大悟を高ぶらせるのだが、深春は気づいているのだろうか。

「……感じた、か」

「誰も、あからさまにそんな話はしていない！」

深春は、大悟をきつく睨みつけた。

　大悟は、ふっと息をつく。

「……しみじみと、俺は幸福な男だと思っていたからな。それが、出たのかもしれない」

「え……」

「いつも以上に、お姫様に尽くさなくてはという気分になった」

「……無礼者」

　深春は睨みつけてきたが、平手打ちは飛んでこない。

　どうやら彼にとって、いかに受け身の立場に甘んじているとはいえ、姫呼ばわりは承伏できないもののようだ。

　この意地っ張りぶりもまた、可愛らしい。

　遠回りした分、どれだけでも愛してやりたい。

　互いに不器用で、傍に寄ることすらもできなかったころに比べると、今の自分たちは夢のように幸せだ。

　その幸せを守るためにも、想う気持ちは惜しみなく表すべきだろう。

「愛している、深春……」

　そっと口唇を寄せると、深春は軽く眉を上げた。だが、不承不承というふうに見せかけたかったようだけれども、彼は小さく笑っている。

　そして、大悟の接吻を受け入れた口唇は、変わらず甘いままだった。

# 蛍の庭の愛玩具と花嫁

# 1

(……どこ行っちゃったんだろう……)

高瀬《たかせ》光明《みつあき》は、浴衣姿のまま地を這うように腰をかがめ、広大な庭をうろうろと歩き回っていた。

辺りは、もう真っ暗だ。

月明かりだけを頼りに、光明はなるべく顔を地面にくっつけるようにして、歩き回っていた。

ここは、日本一の豪商と名高い、橘川《きつかわ》一族の本邸。その中庭である、蛍花園《けいかえん》だ。

四季折々の風物が楽しめるこの庭で、今日は盛大な蛍狩りの宴が催《もよお》されたのだ。

実は橘川一族の本家に生まれた男子の一人が、光明の所属する近衛特殊部隊『常磐《ときわ》』の隊員で、今日は隊員同士の交流を図るための親睦会——というわけではないのかもしれないのだが、任務をこなしつつ、蛍狩りを楽しんだのだ。

——雲の上の方々には、複雑な事情があるみたいだし、いい機会だったのかなあ。

今頃、橘川家本邸貴賓室《きひんしつ》で、生涯最初で最後の親子水入らずの夜を過ごしている、高貴な一組の男女とその御子のことに、光明は思いを馳《は》せる。

もちろん、最初の発端は、橘川一族の出身である、『常磐』隊員の橘川中尉の思いつきだったわけだが、蛍狩りにかこつけて、彼らに一夜を過ごさせるために、この宴は催されているのかもしれない。

血のつながった親子でありながら、親子と名乗ることが許されない母と子。この国を統べるただ一人の男性に寵愛されている女性、そしてそのご子息が、今頃同じ貴賓室で水入らずの時を過ごしているはずだった。そして、父たるこの国を統べたもう人も。

いくら橘川一族が豪商とはいえ、所詮は平民だ。雲の上の方々が、こんなふうに平民の屋敷にお忍びしてくるなんて、前代未聞《ぜんだいみもん》だろう。

この国の主である主上と、その寵愛を受けている葉山《はやま》のあたりの御息所《みやすんどころ》の信任も厚い、『常磐』の創設者であり後見人である山科《やましな》公爵の差し金なのだろうが、詳しい事情は一隊員である光明のあずかり知らぬところだ。

それに光明は、今日は完全に休暇であり、一部、蛍狩りの最中も軍服を着て警護についていた同僚たちとは違い、最初から紺の紬《つむ》ぎの浴衣を着て、蛍狩りに参加していた。

実は、一度御息所の前でやむをえず女装を披露してから、御息所がことのほか喜んでしまっているようで、「今回もぜひ女装で」などというご所望があったとか、なかったとか……そんな噂もあったが、光明は断固拒否。男物の浴衣で蛍狩りに出たのだった。

（……でも、俺だけ、『蛍狩られ』だった）

光明は、その場にがっくりと膝をつきそうになる。

こんな帝都の邸宅内に蛍が自然発生をするわけもなく、もちろん橘川一族の財力にものを言わせて蛍を集めてきて、それを庭に放ってみんなで鑑賞したわけだが――常に手元不如意の貧乏男爵家に生まれた者としては、その贅沢《ぜいたく》さには感嘆《かんたん》するしかない――光明は、のんびりと蛍を鑑賞することができなかった。

蛍どころか、かなぶんだとか、かぶとむしだとか、様々な虫たちに追いかけ回されたせいだ。

（少佐は意地悪だ……！）

上官であり、一応恋人だと自称している男の、取り澄ました美貌を思い出して、光明は地団駄を踏む。

土御門《つちみかど》は職権を乱用しているのか、なぜか常に光明と同じ日程で休みを取っている。そんなわけで、今日は彼も非番で、絞りのいなせな浴衣に身を包んでいたわけなのだが、そんな彼に背後をとられ、首筋へと蜜を流し込まれたのだ。

昆虫を集めるのに使う、蜜を。

どうなったか、結果はあまり言いたくない。

まったく、ひどい目に遭った。

（……風呂で流したけど……。もう大丈夫だよな。蟻《あり》が背中はい回るし、ひどい目に遭った……）

くんくんと自分の匂いをかぎながら、光明は悲嘆《ひたん》にくれる。

（あの人、いったい何を考えているんだよ。まったく、そんなに俺を虐めるのが楽しいのか……！）

むなしいので、本人には聞かない。どうせ、いけしゃあしゃあと「とても楽しいよ」と言われるだけだ。

土御門はとても容姿に優れ、才気に溢れて、腕も立つ軍人だ。神は彼に二物も三物も与えまくったが、性格のよさだけは与えなかった。

（少佐は、意地悪だし、変態だし……っ）

それでも、彼は光明がとても好きなのだという。

とても信じられないが。

でも、土御門が光明を好きでしょうがなくて、ずっと追いかけつづけたいというのならば、追いかけてきてもいいよと、光明は思っていた。

だがしかし、考えを改めたほうがいいのかもしれない。

（まったく……。あの人は子供か！）

浴衣の襟足に蜜を流し込むなんて、幼児だってやらないようないたずらだ。

蛍をはじめとする虫に追いかけまわされた光明は、庭中をかけずりまわり、おかげで落とし物をして、こんな時間に暗い庭をうろうろする羽目になったのだ。

(どこに行っちゃったのかな……)

光明は、途方に暮れる。

もともと、落としたのはとても小さなものだった。やはり、夜に探すのは無理だろうか。

朝、探す時間があればいいのだが……。

出直そうか、どうしよう。

光明が悩みはじめた、そのときだ。

「……っ、あ……ああっ!」

(……なんだ、今の!?)

光明はぎょっとして、立ち上がってしまった。

今、感極まったような声が聞こえてこなかったか?

しかも、交わっている最中の。

「……い…いや、もう……お許しくださいませ……っ」

「まだだ……。ここでやめては、仕置きにならないだろう？」

「ああっ」


絡みあうような息づかい、そして衣擦《きぬず》れの音まで聞こえてきた。

光明は、飛び上がりそうになる。

間違いない。誰かがこの庭で、交わりあっているのだ。

しかし、いったい誰だろう。

（いったい誰だよ！）

今日は高貴な人たちのお忍びもあるし、とても通りすがりの恋人同士が、紛れ込めるような場所ではないのだが。

光明は、もともと好奇心いっぱいの性格だ。

だから、こういうときには、君子危うきに近寄らずというよりは、虎穴《こけつ》に入《い》らずんば虎児《こじ》を得ずとばかりに、つい近づいていってしまうほうなのだ。

それで毎回墓穴を掘っているのだが、墓穴というものは掘ってから気づくのだ。少なくとも、光明にとってはそうだった。

もちろん、このときも。

植え込みを掻き分けていると、迷路のようになっている庭園の行き詰まりに置かれている長椅子に寄りかかるように、二人の人間が絡みあっていた。

(ええ……っ!?)

光明は、目を見開く。

ただでさえ大きな瞳が、そのままこぼれ落ちていきそうになった。

「お許しを、旦那様……っ、もう耐えられません。一葉《ひとは》は乱れて、どうにかなってしまいそうです……」

せっぱ詰まった声で許しを乞うているのは、よりにもよって『常磐』の隊長である剣持《けんもち》一葉だ。

彼は長椅子の上に背を投げ出すような格好になっているが、その下半身は、「旦那様」と呼ばれる男に抱え上げられていた。そして、二人の腰は、つながった状態だった。

その「旦那様」こそ、山科克久《かつひさ》。政界の実力者であり、先の戦争のときに主上の側を勝利に導いた立役者でもあった。

そして、剣持の後見人でもある。

（うーわー……。あの二人、こんな関係だったんだ……。そりゃ二人とも独身で、いつまでも一緒に暮らしているはずだよ）

びっくりしつつも、光明は納得してしまう。

卑《いや》しい身分の出身だという噂もある剣持だが、とても気品のある立ち振る舞いで、常日頃冷静で物静かな男だ。騒がしい光明よりも、よほど華族然としている。

それもみんな、十代の頃に山科に引き取られ、掌中《しょうちゅう》の玉として養育を受けていたからだと聞いていたが……。

（こういう方向で、可愛がられていたってわけか）

別に光明は、人の情事を覗き見する趣味はない。だが、剣持のあられもない姿はあまりにもつややかで、目を奪われてしまった。

さっさと退散するが吉、と思いつつも、動けなくなる。

（結合しちゃってるし……。それに、うわーっ、痛そう……）

月の光に照らされた剣持の下半身は、すっかりむき出しになっている。だから、彼の性器が天を向いてしまっていることも、まざまざと目の当りにすることができた。

「お許しください」と哀願しているわりに、剣持は感じきっているのだ。性器は濡れたように輝いている。快楽の雫が、ひっきりなしに溢れているせいだろう。

だが、その性器は、赤い紐《ひも》で縛《いまし》められていた。

根本から先端まで。それどころか、陰嚢《いんのう》を二つに分け、かたちをくっきりとくびり出されている。

そして、乱れた浴衣の胸元にも、同じ赤い紐が絡んでいるようだった。どうやらそちらは、尖った乳首を強調しているらしい。

「……お許しください、旦那様……！」

掠れた声を上げ、黒髪を乱している剣持は、いつもの謹厳《きんげん》な姿とは真反対に、あまりにも倒錯的で淫らで、凄絶なほど美しかった。

もともと、大人しやかながら綺麗な顔立ちをした人ではあったけれども……。

「…おねがい、です……」

剣持の白い頬を、つっと透明の雫が伝う。月の光を浴び、切ないほど美しくきらめいていた。

「どうぞ、一葉の中に旦那様のお情けをくださいませ。一葉の淫乱な孔で、旦那様の逞しいものを悦ばせて差し上げたいのです。まだ、ご満足いただけませんか……？」

「まだだよ。……まったく、こんなにも悦んで……。私は、おまえを仕置きしてやりたいんだが」

「ああ……っ！」

ねっとりした手つきで性器をしごかれて、剣持は背を反らした。突き出された胸の乳首は、先端までびくびくしている。彼の乳首は男のものにしては大きく、そして鮮やかな赤色をしていた。淫らな乳首だ。

「どうしたら、おまえにとって仕置きになるんだろうな。……兵衛《ひょうえ》でも呼ぶか？」

その名を出されて、光明はどきりとする。

それはまごうことなく、光明の恋人を自称している男のことではないだろうか。

（そういえば、山科先生の政治塾に顔を出していたって聞いた……）

どことなく、山科と土御門は雰囲気が似ている。まさか政治塾といいつつ、こういう淫らな遊びを教えていたんじゃないだろうかと、光明は怖い考えになってしまう。

土御門が自分以外の人にいかがわしいことをしていたなんて、あんまり想像したくない。認めたくないが、光明にもその程度の独占欲はあった。

「おやめください……っ」

剣持は、しきりに頭を横に振る。そのたびに涙が飛び散り、月明かりを浴びてきらきらと光った。

「あれは、前々からおまえに興味を持っていたしな。どうする？　おまえの、この淫らな姿を見てもらおうか」

「いっ、いや……いやです……っ」

「本当にいやなのか？　おまえの淫乱な孔が、今、ひときわ強く締まったぞ。私を、痛いくらいに締め付けてくる」

「……あ……旦那様の……おおきい……です、気持ちいいです………一葉は、どうにかなってしまいます……」

剣持は顔を両手で覆い、辛そうにすすり泣きの声を上げた。性器を縛められているから、苦しいのだろう。だが、彼の性器が一回り大きくなったことに、光明は気づいてしまう。

(隊長って、こっちの趣味が……っていうか、それより少佐だよ！　あの人、隊長ともいやらしいことしてたのかな)

役者のような優男である、上官の顔を光明は思い浮かべる。

光明のことをあれだけ追いかけ回しておいて、剣持にまで手を出しているというのはいただけない。光明は、無意識のうちにふくれっ面になっていた。

そんな光明をよそに、山科と剣持の交わりは、より深くなっていく。

「情けが欲しいか？」

山科は、傲慢《ごうまん》なくせに甘さを感じさせる声で尋ねた。

すると剣持は、まるで子供のような素直さで頷く。

「……はい。くださいませ、旦那様……。一葉の中に、旦那様の熱い孕み種をたくさん出して……」

「いいだろう。だが、おまえを達かせてはやらないよ。それでは、仕置きにならないからね。部屋まで我慢しなさい」

「そんな……っ」

剣持の声は、震えていた。それは当然だろう。彼の体はどこもかしこも感じきっていて、光明の目から見ても、絶頂を長引かされた苦しみがあらわになっているように感じられるくらいだ。

(でも……悦んでるように見える……)

光明は首を捻った。

いや、剣持と山科の性癖はさておき、それよりも問題は土御門だ。

まさかと思うが、あの淫らな遊戯に参加したりしているのだろうか。

(そ、そんなことになったら……別れてやる!)

光明は剣呑な表情になったものの、すぐさま自らの言葉を訂正した。

(あ、違った……。別れるも何もないや。だ、だって、恋人とか、そういう感じじゃないし。俺たち。で、でも……もう、触らせてやらないんだ……)

恋人ということは、あくまで認めたくないものだ。

「……っ、あ……ん、旦那様、そんな、はげし……い、もう、お許しを……っ、一葉をいかせてくださいませ!」

光明の動揺をよそに、剣持と山科は深い交わりを続けていた。山科は激しく腰を打ち付けるせいで、剣持の体は大きくのけぞる。勃起した性器が震え、先走りの雫が飛び散っていた。

「我慢しろと言っているだろう？　私の命令が、聞けないのか？　一葉は、私を愛しいと思ってくれているのではないのかな」

「も、もちろんお慕いしています……っ、一葉は旦那様のものです……。旦那様のご命令にならば、なんでも従います！」

いつも冷静で、めったに感情を表に出さない剣持が、子供のような甘え声になった。

「お慕いしております、旦那様……」

「可愛いな、一葉。そんなに私を想ってくれているのか？」

「は……い……ん、あ……ああっ、あんっ！」

びくびくと、剣持の細い腰が跳ね上がっている。彼はめいっぱい山科の雄を咥え込み、全身で歓喜しているのだ。

濡れた肌がぶつかる音が、夜の闇に響く。

「……っ、あ、いい……いいです、旦那様、奥ま……で……」

「ああ、そうだよ。一葉は中も敏感だな」

「……ん、い……いい、旦那様の、おっきくて、あ……や、一葉の中、溶けてしまいます。お願いです、中にくださいませ、一葉の中を濡らして……っ」

あまりにも淫らで、激しい交歓だった。

(うわー、すごいよ。すごくて、すごすぎて……。なんか、脚が動かない)

光明は、思わず地面にしゃがみ込む。

見ているだけで、体が熱くなってきてしまった。

ところが、そのとき。

光明の浴衣の襟足は、誰かにひょいっと摑み上げられた。

(うわ……っ!)

声を上げそうになり、光明は慌てて両手で口を塞ぐ。

「……まったく、君は覗き見が好きだな」

呆れたような声が、耳元で聞こえてくる。

「つ、つち……」

「静かにしなさい。覗き見がばれたら、お仕置きされるよ」

光明を猫の子みたいに摑み上げたのは、土御門兵衛。光明の、一応恋人のような人だった。彼はそのまま、光明を軽く抱え上げて、その場を離れようとする。

「困った子だ。部屋を抜け出して、他人の情事を覗き見するほど、欲求不満だとは知らなかった」

「あ、あの、いや、覗き見したかったわけじゃなくて」

とんでもない誤解に、光明は大きく首を横に振る。

まちがっても、光明にはそういう特殊な趣味はないのだ。

「この間は、篠《しの》中尉と橘川中尉の接吻を見ていたじゃないか」

「偶然です！」

「情事というものは、見るより実行するほうが楽しいに決まっている。……その楽しみを、じっくり教えてあげよう」

「遠慮します！」

「声が大きい」

土御門の大きな手が、さっと光明の口唇を塞ぐ。

彼は薄い口唇を光明の耳朶に近づけてくると、甘く濡れたような声で、囁いた。

「山科先生は厳しい方だからね。お仕置きの激しさは、私の比ではないよ」

土御門は敬愛を込めて、山科のことを「先生」と呼ぶのだ。光明が知るかぎり、最凶の師弟である。

「君も、見ていることを知られたら、たいへんなことになるかもしれないな」

「たいへんなこと、って……」

ごくりと、光明は息を呑む。

鼓膜に、剣持の嬌声が蘇ってきた気がした。

(そうだ、あの冷静な隊長まで、あんなふうにとろとろになっちゃうんだ)

自分なんて、おそらくひとたまりもないだろう。

光明は、心の底から震え上がった。

「君の相手は、私だからね。……覗き見している暇なんてないくらい、可愛がってあげよう」

「だから、それは違うのに……っ」

あいかわらず、土御門は光明の話を聞いていない。

(この人、本当に俺のことが好きなのかな……?)

これで何度目かわからない、疑問が光明の胸に浮かんだ。

## 2

与えられた客室に、引きずられるように連れ戻されたあと、光明はたっぷりと土御門に虐められた。ありていにいえば、抱かれてしまった。「蜜の匂いがする」と大喜びの土御門に体中を舐め回され、ぐったりするほど啼かされたあと、ふっと意識は遠のいていった。
——と、思っていたのだが。

「……あ、いや……ぁ、お許しくださいませ、旦那様！」
甲高い剣持の声が聞こえてくる。
光明はぎょっとして、立ちすくんだ。
気がつけば光明は、宮中内にある『常磐』の詰め所の前に立っていた。
（あれ？　なんでこんなところに）
しかも光明は、いつもどおりの制服姿だ。扉を開けようとして取っ手を握りしめてはいるものの、そこから動くことなんてできなかった。

詰め所の中から、淫らな声が聞こえてくるからだ。

だいたい、自分は橘川邸で、さんざん土御門にいびられていたはずだ。それなのに、どうしてこんなところに？

夢かもしれないと、光明はぼんやり思う。夢だとしたら、こんなときまで軍服を着ている自分はなんて仕事熱心なんだろう。誰も誉めてくれないだろうから、自分で誉めておこう。

一人で突っ込みとボケ役をこなしていた光明をよそに、詰め所の中は大盛り上がりのようだった。

「……っ、は……旦那様……旦那様の逞しいお……ちんで、一葉は溶けてしまいます……っ」

あまりにもあられもない、卑猥《ひわい》な言葉が聞こえてきて、光明は飛び上がってしまう。そして、おかげで我にかえった。

（ええっと、これはまさか、また……）

光明はおそるおそる、詰め所の中を覗き込む。

かつてここで、先輩二人の接吻現場に鉢合わせしたことがある。だが今は、上官が机に縋《すが》りつくように、あられもない姿で腰を振っていた。下半身だけむき出しで、上だけに軍服をまとった、はしたない姿だ。

その背に覆い被さっているのは、山科公爵。こちらは燕尾服姿で、髪の毛ひと筋乱れてはいない。

だが、彼は激しく、剣持の卑猥な孔へと肉杭を打ち付けているようだった。濡れた音が、鼓膜にこびりつきそうになるくらいに大きく響いている。


「……あ、ああ……っいや、あ……おゆるしください、おゆるしください……！」

剣持の声は、悲鳴に近かった。

だが、彼は感じている。その証拠に、両手で自らの勃起した性器を包み込み、愛撫しているのだ。その長く白い指は淫らな蜜に濡れて、ぬるぬるになっている。

そして、彼の性器には、紐が絡みついているようだった。

決して、自分の意志で達することができないように。

「駄目だ。これは仕置きだからな。ほら、もっといじって、自分で自分を虐めるんだよ。ああでも、いやらしい一葉は、気持ちいいだけかな」

「はい、旦那様……、あ……ああ……っ」

啜り泣きながらも、剣持は山科の命令に従う。恥じらうようにまつげを伏せながらも、彼は歓喜していた。

仕置きになっていないというのは、山科も感じたのだろう。彼は貴族らしい傲慢さの溢れる口元に、思わせぶりな笑みを浮かべた。

「こんなに悦んでいては、ちっとも仕置きにならない。……兵衛を呼ぼう」

「およびですか、先生」

光明は、飛び跳ねそうになる。

(なんで、土御門少佐が……！　というか、いつからいたんだよ！)

いつのまにか、交わる二人の傍に、土御門の姿があった。

悔しいから絶対に言わないが、彼は『常磐』佐官の白い制服がよく似合う。冷ややかなほどの美貌が、はっとするほど引き立てられるのだ。

その軍服姿をまとった彼が、山科と剣持に近づいていく。

彼はいつもの、意地悪げな笑みを浮かべていた。

「ああ、来たか兵衛」

振り返りもしないで呟いた山科は、いきなりつながったままの剣持を抱える。

そして、つながった状態で体勢を入れ替え、自分が机に腰掛けて、串刺しのままの剣持を膝に乗せたのだ。

「ああ……っ！」

剣持の切れ長の瞳が大きく見開かれ、尾を引くような長い嬌声が響く。自分の重みで、山科を根本まで受け入れ、串刺しにされたのだ。強烈な快感だったのだろう。

「……っ、は……あ、旦那……様…っ」

涙をひと筋流した剣持の姿を、山科は容赦なく土御門の前にさらけ出す。

結合部分があらわになるように、剣持のほっそりとした脚を開かせ、膝裏に手を当てる。そのせいで、剣持の陰部は丸見えになってしまった。

ぎちぎちに性器を締め上げられているようで、剣持は達することができないらしい。性器はびくびくと震え、先端からはひっきりなしに透明の雫が溢れている。

「すごい格好ですね」

土御門は、ほくそ笑んだ。

「い……や、見ないで、見ないでください……！」

日頃から腰が低い剣持は、土御門までこんなときまで丁寧語のようだ。

彼は全身を紅潮させ、土御門からあられもない姿を隠そうと、必死に体をよじっている。

だが、山科はそんな剣持を許そうとしなかった。

「何をしている、一葉。淫乱なおまえのために、兵衛が仕置きをしてくれるんだよ。ちゃんと挨拶をしなさい。淫乱な一葉をお仕置きしてください、たくさん辱めてください、と」

「いやです……！」

剣持は、悲鳴を上げた。

「いやです、旦那様！　一葉を、旦那様以外の人に触らせないで……っ」

「……いやか、触られるのは」

含み笑いをしながら、山科は剣持の腰を揺すり上げた。

「は……い、いやです。いや、絶対にいや……！」

剣持は、ぽろぽろと涙をこぼしはじめる。

「困った子だ」

山科は剣持の髪をあやすように撫でると、笑みを含んだ眼差しを土御門に向けた。

「どうする、兵衛？　ひどく嫌われたものだね。私は、一葉に泣かれると弱いんだ。こんなにいやがっているのに、無理強いはさせられない」

土御門は、薄い口唇の端を上げた。

「……では、触られるのがいやだというのならば、触っていただきましょうか」

「あ……っ！」

剣持は必死で逃げようとするが、もともと山科に貫かれている身だ。抵抗は甲斐なく終わる。

彼のしなやかな黒髪を摑んだ土御門は、くつろげた自分の下肢へと彼の顔を近づけた。

(何してるんだよ！)

光明は驚愕した。

(この浮気者……！　いや、俺の恋人でもなんでもないけど、浮気は浮気だよ！　ひどいよ！)

自分でも、何を言っているのかよくわからない。理屈が通っていないかもしれないが、腹立たしいものは腹立たしいのだ。だが、自分以外の相手で土御門が快楽を得ようとしていることに、光明は衝撃を受けた。

「ほら、舐めてください。隊長」

光明の衝撃をよそに、土御門は剣持に促《うなが》す。

「いやです、お許しください、お許しください、旦那様……！」

土御門に導かれているのに、剣持が許しを求めるのは山科ただ一人のようだ。

だが、泣きじゃくる剣持に、山科は厳しく命じた。

「触らせないという願いを聞いてやっただろう？　これ以上、わがままは許さない。……一葉、兵衛を悦ばせてやりなさい。命令だ」

「う……っ」

山科の言葉に、剣持は逆らえないようだった。でも、本当に哀しいようで涙が次から次に溢れ出す。その涙を拭うのは、山科だ。

「いい子だね。一葉。私の情けが欲しいのだろう……?」

「……はい」

涙を拭われた剣持は、目尻を真っ赤にしていた。

「では、言うことを聞きなさい」

「……はい、旦那様……」

しおらしく頷いた剣持は、やがて観念したように、おずおずと土御門の性器に手を伸ばす。そして、両手で捧《ささ》げ持つと、後孔を山科に犯されたまま、口腔を土御門へと差し出したのだ。

(あーっ!)

光明は、内心声を上げていた。

(ちょ、うそ……かんべんしてくれ……っ)

何がどう、勘弁してくれなのか。自分でも、よくわからない。

(俺以外の人にも、させるのかよ!)

奉仕《ほうし》を強いられている剣持よりも、平然とそれを許している土御門に腹が立った。こんなに悔しい想いをしたのは初めてだ。

(少佐の浮気者……っ)

光明は、思わず握り拳を作ってしまう。

「……ん、う………」

泣きながら愛撫をしているうちに、山科に髪を撫でられているうちに、とろんと表情を溶かしていく。性器が美味しいというわけではなくて、山科が優しくしてくれるのが嬉しいようだった。

「お上手ですね、隊長……」

土御門は、剣持の髪を撫でた。

「美味いのか、一葉？　兵衛の性器を舐めながら、尻がどんどん締まっていくぞ」

身を乗り出した剣持の尻を撫で、結合部分の具合を確認するかのように指を這わせながら、山科が嘯く。

「乳首も性器も、こんなに勃起させて……。淫らな人だ」

土御門は剣持の乳首や性器に手をのばし、軽く捻り上げられているようだ。

「……っ、ん……くぅ……」

二人の男の欲望に仕えながら、剣持は身を震わせている。びくんびくんと震える体が、彼の悦びを表しているようだった。

「また、一葉を悦ばせてしまったようだな。これでは、仕置きにならない」

「隊長は素直ですね……。しかも、本当に淫らな舌使いをする。達してしまいそうですよ」

「よかろう？　たっぷり味わわせてやってくれ」

緩やかに腰を使い、剣持を追い上げながら、山科は囁く。

「顔にかけられるのと、全部呑むのと、どちらがいい？　他の男に許してやる機会なんて滅多にないからな。おまえが好きなほうを選んでいいぞ」

「……あ…」

ぬるりと口腔から土御門の性器を抜いた剣持は、いやいやと頭を振っている。どちらも選びたくないということなのだろう。

「……選ばなければ、いつまでもこのままだぞ？」

山科は残酷にも、縛められた剣持の性器を握り込んだ。

「ひゃあ……っ！」

ただでさえぱんぱんに張り詰めていた場所を、きつく握り込まれたのだ。剣持は、ひとたまりもなかったらしい。彼は再び、大きく涙をしゃくり上げたが、こらえきれずに嗚咽《おえつ》を漏らしはじめた。

「……もう、おゆるし……ください…ませ………どうか、これ以上は……」

「駄目だ、一葉。仕置きだと言っているだろう？　選ばなければ、ずっとこのままだよ」

「……う………」

涙をこらえるように、何度も薄い口唇を噛んだ剣持は、とうとうその可憐な口唇を綻ばせた。

「……かけて、ください………」

「何をだ？」

「……土御門少佐の……孕み種を……」

勃起し、ぬらぬらと濡れている土御門の性器を捧げ持ったまま、剣持は呟く。

「一葉の顔に、熱いのをたっぷり、かけてください……っ」

「可愛らしいですね、剣持隊長……。先生のもの以外の孕み種を呑まされるのは、いやだということですか」

土御門は、ふっと微笑む。

すると山科は、甘やかな手つきで剣持の髪を撫でた。

「……いじらしいな、一葉。おまえのその忠義《ちゅうぎ》を、いつまでも愛でていよう」

「……はい、旦那様……」

ぽっと顔を染めた剣持は、小さく頷く。そして、再び土御門の性器を舐めはじめた。

その先端を舐め、くぼみに舌をねじ込むように動かしながら、根本から先端に向かって、指でしごく。

土御門の性器が大きく震えたかと思うと、剣持の顔に向けて、白濁したしぶきが飛び散った。

「あ……っ」

剣持は、小さな声を漏らす。

「あっ……い……」

彼は両手で顔を覆い、ねっとりとした雫を拭おうとする。

とうとう、土御門は剣持の手管で射精してしまったのだ。

（あ……の、浮気者！）

あんなに光明を追いかけ回していたくせに、光明しか目に入らないとかなんとか、ものすごく調子がいいことをいってたくせに……！

（土御門少佐なんか、大嫌いだ！　もう二度と触らせてなんかやらないっ）

怒りに震えた、そのときだ。


「まったく、君はまた覗きをしていたのか」

思いがけないほど傍から、土御門の声が聞こえてくる。

（へ……？）

呆然とした光明は、次の瞬間狼狽した。

いつのまにか自分が、山科や剣持の前に引っ張り出されていたのだ。

おまけに、土御門には羽交い締めにされていた。

「あ、あの、その……え、ええっ!?」

どうして、こんなことになっているのだろう。

光明には、さっぱりわからない。

自分はたしか、部屋の外から三人の様子を見て、怒っていたはずなのに。

「覗き見したらお仕置きだと、言っただろう?」

「あ……」

耳元で甘く囁いた土御門に、ねっとりと耳朶を嬲られる。ぞくぞくして、光明は思わずあられもない声を漏らしてしまった。

「しょ、少佐……っ」

光明は、上擦った声を漏らす。

山科は楽しげに、いまだ貫かれたままの剣持は快楽に溶けきった眼差しで、光明を見つめている。

そして、土御門の腕の力は強く、絶対に光明を放してくれそうにない。

万事休すだ。

光明は、顔をひきつらせた。

「あ、あの、俺は、その、偶然……」

「……偶然だろうがなんだろうが、私の一葉の美しい姿を見たんだ。君は、罰を受けなくてはいけないよ」

剣持が自分のものであることを誇示《こじ》するかのように、山科は軽く剣持の体を揺すり上げた。

「……っ、あ……旦那様……、そんなにしないで……」

立て続けに射精のない絶頂を極めさせられているせいか、すっかり正気を失っている剣持は、甘えたような声を漏らす。

「わざとじゃないし……！　と、とにかく、放してください、土御門少佐！」

「……いつまでも他人行儀なのは寂しいよ。光明。たまには名前で呼びなさい」

土御門はからかうように口唇を寄せてくるが、光明は必死で彼から離れようとする。

「とにかく放せって、この浮気者！　剣持隊長に気持ちよくしてもらってたくせに……！」

怒っていたのと焦りとで、光明はつい、嫉妬《しっと》めいたことを言ってしまう。

（しまった……！）

こんなことを言ったって、土御門を喜ばせるだけだ。予想どおり、彼は満面の笑顔になる。

「なんだ、嫉妬しているのか」

「違う！　節操がないから、呆れてるんだよ！」

「……可愛いことを言う……」

「や……っ」

光明は、必死で顔を背けようとする。

だが、そのときにはもう遅かった。

（しまった……！）

強引に顎を摑まれたかと思うと、光明は上を向かされてしまう。

そして、深く口づけられたのだ。

（……まずい……）

光明の、最大の弱点。

口腔へと、土御門は蹂躙を始めた。


「……ふ……う、ん……う……ぐ……っ」

歯列を無理矢理割って入ってきた舌は、あまりにも熱く、そして官能を煽る術《すべ》を知り尽くしていた。

なんとか抵抗しようと思っていたのに、光明の体からはあっさり力が抜けていく。

光明は、異常なまでに口腔が敏感だ。土御門のねっとりとした愛撫に、蜜が湧くように唾液が溢れる。

口腔の粘膜は、どうしようもなく弱かった。なんとかして鍛えようにも、どうしたらいいのかわからない。よって、土御門のいい玩具にされているのだ。

軍服の下では、下半身まで熱くなってくる。

（……悔しい……っ）

涙目になって土御門を睨むが、頬の柔らかい粘膜を舌でなぞられるだけで、瞳はとろりと溶けていってしまう。

「……ふ……ん……くぅ……」

膝から下は、すでに力が抜けていた。性器が張り詰めているせいで、恥じるように前屈みになるが、すでに土御門に全身を支えてもらっている状態だった。

「……ん、ふ……あふ……っ」

土御門がわずかに口唇を浮かせると、こぽりと唾液が口の端からこぼれる。だが、すでに光明は、それを自力で拭くこともできない状態だった。土御門のなすがまま、彼の舌が濡れた口周りをなぞるのに任せる。

「……その子は、口の中が弱いのか」

緩やかに腰を使い、もはや言葉を発することもできなくなっている剣持をさらに追い詰めながら、山科が囁く。

「そうですよ、先生」

「元気が良くて、少し子供っぽいくせに、いやらしい顔になるな」

「可愛らしいでしょう?」

接吻のかわりに、光明の口腔に指を含ませながら、土御門は自慢気に笑った。

光明はすでに正気が失せかけており、与えられた指をちゅくちゅくと吸ってしまう。そうすると、頬がきゅっと締まるし、舌先に指が触れて、とても気持ちいいのだ。いつまでも、こうしていたくなる。

「さぞ、口淫も上手いのだろうね」

「この子のやることでしたら、私にとってはなんでも好いのですが……。自分のほうが気持ちよくなってしまう、いけない子ですよ。このとおり……」

張り詰めていた下半身が、急に外気に触れた。そのせいで、勃起していたものが、ぴんと上に跳ね上がってしまう。

土御門が、光明の下肢を裸にしてしまったのだ。

「……ああ、もうこんなにも漏らしているね。光明」

土御門の大きな手のひらが、光明の性器を包み込む。軽くしごかれるだけで、体の芯まで疼くような気がした。

「……ん、ふ……」

体内でも弱い部分を同時にいじられて、光明は体をくねらせる。最奥まで、疼きはじめた気がした。

よりにもよって、養い親と交わっている上官の前で接吻され、勃起している。しかも、硬くなった性器をさらされているのだ。

正気ならばとても耐えられないほどの醜態《しゅうたい》だった。

それなのに、体の芯から熱され、溶けてしまっている光明は、快楽を貪ることしかできない。

「……達きたいか？」

光明に指をしゃぶらせながら、土御門が尋ねかけてくる。

「ん……」

指を咥えたまま、光明はこくこくと何度も頷いた。

「淫らな子だな。もうすっかり高ぶっている」

「ああ……っ」

強く性器を握り込まれ、光明はびくびくと体をしならせた。その場に崩れ込まなかったのは、土御門の逞しい腕が腰に巻き付いているせいだ。

そして、達することができないのは、彼が光明の性器の付け根と陰嚢を、逆手に押さえ込んでいるせいだった。

（……もう、だめ………っ）

はき出す場所を探して、熱が体内を渦巻いている。これ以上、我慢できない。できるはずもない。

「や……ださせ、て……出したい……！」

あられもなくねだると、土御門は意地悪く囁いた。

「覗き見のお仕置きにならないじゃないか」

「や……でも、もう……いや、だ……！」

「達きたいか？」

「……ん…」

啜り泣くように頷くと、いきなり土御門は光明を抱え上げた。まるで、幼い子供に用を足させるような格好で。

そしてそのまま、剣持の膝の上に、彼と抱きあうように乗せる。

「あ……」

肌が触れあった瞬間、剣持からも光明からも、甘えるような濡れた声が漏れた。たかまった互いの肌は、しっとりと濡れ、得も言われぬ感触をもたらしたのだ。

光明を背中から支え、口唇をなぞり、半開きになった口唇へと指先を侵入させながら、土御門は囁く。

「剣持隊長の顔が汚れてしまっているだろう？　あれを、丁寧に舐めてさしあげなさい」

「え……」

最初、何を言われているのかわからなかった。そんな光明を、土御門はそそのかしてくる。

「私の放ったものだよ。君も、あれが大好きだろう？　いつも、上の口にも下の口にも、たっぷり呑み込むじゃないか……」

そういえば、剣持は顔に土御門の孕み種を浴び、なお山科にもてあそばれて放心しているのだ。

（……少佐、の……）

剣持が浴びた白濁を、光明はすくう。彼に奉仕されていた土御門の姿を思い出すと、胸が軽くむかついた。

（俺のだ）

腰や背中に土御門の腕を感じながら、快楽のあまり小刻みに体を震わせつつも、放心してしまっている剣持の頬に、光明は舌を這わせはじめた。快楽で陥落させられたというよりも、ささやかな妬心《としん》がさせたのだった。

「……っ、ふ……」

口の中に、覚えのある苦みが広がる。それは本当は、光明にだけ与えられる蜜のはずだ。それなのに、剣持がたっぷり浴びせられて、いまだ光明には与えられない。

心の中で詰りつつ、光明は滑らかな剣持の肌を舐めつづける。

土御門のものは硬くなっているが、光明の後孔へとからかうように擦りつけられるだけだ。先端は潤いを帯びており、たっぷりと濡れはじめているというのに。

襞をめくり上げ、その切っ先が体内を穿《うが》つ瞬間を待っている。だが、土御門はそれをしようとしない。

かすかな妬心を込めて、光明は剣持の顔を舐めつづける。

「あ………あぁ………ん……」

剣持は甘い声を上げた。舌の感触がくすぐったくて、淡い熱であぶられているような状態らしい。

「可愛らしいものだな」

山科は、小さく笑う。

「二匹の子犬が、じゃれているようだ」

そんな彼の揶揄する言葉も耳に入らないまま、光明はひたすら、ぺろぺろと白濁を舐めつづける。

剣持の顔にかけられたその蜜は、彼の体にまでしたたりおちており、光明は少しずつ身をかがめて、彼の胸や乳首までも舐めまわした。

土御門のかけらを、剣持からこそげ落とすかのように。

「そんなに舐めるのが好きなら、もっと下を舐めてごらん」

土御門は再び光明を抱え上げると、山科と剣持の足下に四つん這いにさせた。そして、顎を下からくすぐりながら、彼らが交わっているその場所に、光明の鼻面を導いた。

「どうせなら、そこを舐めてみなさい。覗き見した罰だ。君も、隊長へのお仕置きを手伝うといい」

見せつけられた結合部はぬめりを帯び、淫らな赤い色をしていた。剣持の狭い孔は、貪《どん》婪《らん》に山科の逞しい肉杭を受け入れており、その官能的な視覚刺激に、光明自身の体も高ぶっていく。

「たっぷりと舐めなさい。隊長の淫らな孔も、先生の逞しいものも……」

「……や……だ…っ」

理性は飛んでいても、本能的に、それがどれだけ淫らなことかはわかっていた。光明は、小さくいやいやと頭を振る。

ところが、土御門は光明に餌《えさ》を与え、そそのかしてきた。

「……君も、これが欲しいだろう？ 隊長のように、下の口で咥えて、奥まで突いてほしいんじゃないのか?」

「はう……っ」

指で後孔を開かれ、粘膜に熱い肉棒の先端を押しつけられる。光明は大きく目を見開き、呻き声を漏らした。

「しょう……さぁ……」

そんな入り口だけでは嫌だ。もっと奥まで欲しい。光明は、たまらず尻を振りはじめる。

「君が、剣持隊長をお仕置きしたら、全部あげよう」

ねっとりと甘い声で囁かれるが、さすがにそれはできない。光明は必死で頭を横に振る。

「い……や、だ……っ」

そんな光明の抵抗の言葉を、剣持が邪魔をした。

「駄目です……!」

快楽で正気を失っているはずなのに、剣持の声は凛《りん》と響く。そして、彼は半身だけ後ろを振り返り、山科にしがみついた。

涙に濡れた瞳で、光明を睨みつけながら。

彼のそんな激しい、きつい表情を見るのは、初めてだった。

思わず、胸を射抜かれる。

「旦那様のおち……ん…に、触らないでください。旦那様に触っていいのは、私だけです欲望に溺れ、あられもない言葉を口走っているのに、その瞬間の剣持は凄絶なほどの色香を放った。

……！」

そして、山科への深い愛情でいつも以上に美しく見えた。

その眼差しの激しさが、光明の心をも正気にかえす。

(そうだよな……)

淫らな結合部から顔を背け、光明は口唇を噛んだ。

光明だって、剣持と同じだ。

自分が他の誰かに触れるのも嫌だし、たった一人の男が他の誰かに触れるのも嫌だ。

自分にとって、誰よりも特別な相手にしか、こんなことは許したくないのだから。

土御門の性器を当てられたままの後孔が、きゅんと締まった。

どれだけ淫らな行為を強いられても、最後には受け入れてしまうのは、それがどれだけ恥ずかしくても結局許せてしまうのは、どうしてか。

土御門には、わかっているのだろうか……。

(……俺だって、嫌だからな……っ！)

光明は、心の中で訴える。

(少佐に、他の誰かが触るのは、すごくすごくいやなんだからな……！)

3

「うわ……っ」

光明は大声を上げながら、布団をはねのけた。

そして、そのまま頭を抱え込み、うなってしまう。

（なんて、夢だよ……）

消え入りたいとはこのことだ。

よりにもよって、上官も含めて四人で交わり合う夢を見てしまうとは……。

「……どうしたんだ、光明」

傍らで眠っていたはずの男が、そっと声をかけてくる。

「ひ……っ」

今見た淫夢《いんむ》のことで頭がいっぱいになっている光明は、あやうく飛び上がりそうになった。

「しょ、しょしょう少佐！」

「何をどもっているんだね？」

「あ、いえ、その……」

光明は布団の端を引っ張りながら、俯いた。

（絶対言えるか！　あんな夢を見たことなんて……）

どうやら、剣持と山科の淫らな交わりは、光明には刺激が強すぎたようだ。

まさか、あんな夢を見てしまうとは……。

（人生最大の悪夢だよ）

土御門以外に触れられたくないと自覚したのが、何よりもの悪夢だと思う。

「風邪でも引いたのか？　顔が赤いな」

「……知りません……」

とはいえ、動悸《どうき》と火照りは収まりそうにない。光明は、のそのそと土御門の傍らに潜《もぐ》り込んで、小さくなる。

いつのまに着替えたのか、光明は寝巻姿になっている。きっと、土御門がやってくれたのだろう。彼は、面倒見がよかった。

彼にさんざん喘がされ、そのあと光明は気を失うように眠り込んでいたらしい。その間に、とんでもない夢を見てしまったようだ。

それだけ、山科と剣持の交わりが、衝撃的だったのだろう。

土御門は、不思議そうに光明を眺めていたが、ふいに、なにかに気づいたように手を差し出してきた。

「ああ、そうだ。光明。これを」

「へ……？」

土御門に渡されたのは、小さな袋だ。

まさに、光明が探していたものだった。

「こ、これをどこで？」

「君がうろついていた辺りで見つけたよ。君が眠っている間にね、気になって戻ってみたんだ。もし、落とし物でも探していたとしたら、朝になる前に見つけておかないと、清掃係に捨てられるかもしれないと思ってね」

光明の手のひらに乗せられたそれは、裁縫《さいほう》が悪くて不格好な守り袋だった。なんのことはない、作ったのは光明だ。

「いつも肌身離さず持っているようだが、中身はなんだ？」

「ただの守り袋ですよ」

光明は、つっけんどんな口調になる。部屋が暗くてよかった。顔が赤くなっているのが、ばれにくいだろうから。

「……失礼なことを言うようだが、君の母上は裁縫が不得手なのか」

「そういうことでいいです、もう」

光明は、手のひらに大事に袋を握り込む。

(これだけは、口が裂けても少佐に言えない……)

実はこれは、光明が任務で女装したときに着ていたドレスの端切れだった。

土御門が撃たれた、あのときの。

これは、戒めだ。

同じ職場にいる以上、またどちらかが命の危機にさらされるかもしれない。そのときに、慌てたり、動揺したりしないように。

光明は土御門のように、自分の任務に忠実にありたかった。覚悟を持ちたかったのだ。

ちゃんと、土御門の隣に胸を張って並んで立てる、ひとかどの人物になれるように。

その想いが籠もった、光明の心の守りだった。

「……どこかで見た色の、いい布地だが……。まあいい。君が、そんなにもけなげでしおらしいと、私も調子が狂うからね」

光明の顎を摘みげて、土御門は笑う。

「はねっかえってくれるくらいが、虐めがいがあるよ」

「……俺は、虐められたくないです……」

(なんだよ、お見通しかよ……)

光明は口唇を尖らせ、上目遣いになる。

しかし、なんのかんの言いつつ、土御門は光明に甘いのかもしれない。こういうときは意地悪い追求をやめてくれるのかと、ぼんやり思った。

光明の心を、守るように。

普段が普段だから、こういうときの土御門にはとても愛されているように感じられてしまう。ああなんだか、いいように乗せられてるなあと、思いつつも。

土御門は、つややかな微笑を浮かべた。

「そうか。じゃあ、可愛がってあげよう」

「あ……っ」

口唇は、甘い接吻でさらわれる。

さっきしたばかりなのにと思う反面、高ぶった体は逆らえるはずもない。

光明は、自分に触れてもいいただ一人の男に、体をゆだねていった。

ところかわって、橘川家の一室。

「私は、なにか旦那様を怒らせるようなことをしてしまったのでしょうか……?」

客間の一室で、一葉は山科におそるおそる尋ねた。

今日の山科は、宴の最中は機嫌がよさそうに見えたのに、そのあと豹変した。一葉の性器をくくり、庭まで連れ出して苛んだあと、達することを許してもくれないまま、再び部屋まで歩かせたのだ。

一歩歩くごとに、強烈な快楽に貫かれ、部屋に戻ったときの一葉は、すでに正気を失っていた。そして、山科に命じられるまま、いつも以上に淫らな姿をさらしたのだ。

ようやく許され、縛めがほどかれて、たっぷりと射精させてもらえた一葉の体は、指一本動かすこともできないほど、けだるくなってしまっていた。

けれども、ようやく山科の腹立ちも収まったらしく、今は優しく抱きしめてもらえている。

「旦那様は、一葉がお嫌いですか?」

与えられた辱めを思い出すだけで、体が火照ってしまう。一葉は旦那様のものです、お許しくださいませと、喉が嗄《か》れるまで訴えたのに、全然許してもらえなかったのだ。

（……なにか、私が旦那様を不快にさせてしまった……）

山科の機嫌を損ねたことが悲しくて、すんと一葉は涙を啜り上げる。

「一葉が可愛いからだよ」

顔中に接吻をしながら、山科は囁いた。

「そんな悲しい顔をされると、私も弱いな。悪いことをしたような気分になる」

「旦那様のお怒りを買ったことが、悲しいのです」

一葉は山科にしがみつくように、答えた。

「それに、あんなことをして、どなたかに見られていたら……」

「……見られてもいいじゃないか」

「いけません、醜聞になります。だいたい、今日だって……」

一葉は、この橘川邸に来るときのことを思い出していた。

山科は、一葉も一緒に馬車に乗せようとしたのだ。絶対にそれは駄目だ。自分には役目もあるし、山科の養い子であることを誇示したくはなかった。

山科を愛しているからこそ、彼が他に責められるような理由は作りたくない。

「控えめなのも、度を過ぎてはいけないよ、一葉」

山科は、一葉の鼻の頭をつついた。

「私は怒っていたわけではなく、すねていたんだ。おまえは蛍狩りのときにも、極力私から離れようとしていたしね。よりにもよって、兵衛にくっついているとは、どういうことだ？……先ほどのは、そのお仕置きだ」

笑ってはいるものの、山科はかすかに愁《うれ》いを含んだ眼差しになる。

「きつく縛りつけておかないと、おまえは私から離れていきそうで不安になることもある」

「私が旦那様から離れるなんて、そんなことはありません」

山科に「いらない」と言われたら、一人でひっそり死のうと思っている。でも、山科が必要としてくれるかぎり、一葉のほうから離れていくことなんてありえない。

「では、どうして私が何度誘っても、傍に来てくれなかったのかな？」

「そ、それは……」

一葉は、恥じらうようにまつげを伏せる。

「旦那様のおそばにいたら、私は気持ちが抑えられません。周りの人すべてに、旦那様をお慕いしていることを知られてしまいそうだからです……」

山科の体温を、息づかいを感じるだけで、一葉の体は感じてしまう。だから、離れているしかなかったのだ。土御門の傍に寄ったのは、仕事の時の癖のようなものだった。

「……おまえは、本当に可愛いな。一葉」

山科は、満面の笑みで口づけてくる。

ようやく、安心したように。

彼がどうしてそんな表情をするのか、一葉にはわからない。だから不思議そうな顔になったかもしれない。

でも、彼が笑ってくれた、そのことがとても嬉しくて、にっこりと微笑みかえす。

実のところ——。

一葉はあずかり知らないことだが、いかに不遜《ふそん》な山科とはいえ、不安になることはある。

一葉がいつでも従順《じゅうじゅん》なので、本当に愛されているのか、それは忠義心ではないのかと、気を揉むこともあったのだ。あまりにも長い間、ずっと傍にいて、山科の命じるまま深い関係を続けてきた仲だ。おまけに、はじまりが取り引きだったからこその微妙な不安だった——大人のずるさと見栄で、口には出さない。でも、確かめたい衝動がこみ上げてくる瞬間も、時折訪れるのだった。

遠慮がちな一葉は、ただひたすら山科を慕い、彼を愛しているだけで幸せなので、そんなことがあるなんて、考えもしていないのだが。

山科は、満たされた笑みを浮かべる。

「おまえが懸命に私を愛してくれているのは、よくわかったよ。ますます、愛でてやりたくなった。……今日は、朝まで寝かせない」

「はい、旦那様。どうぞご存分に一葉を可愛がってくださいませ」

また抱いてもらえるのだという嬉しさに胸を弾ませながら、一葉はまつげを伏せた。山科の仕打ちならば、たとえ淫らな仕置きだって、一葉にとっては悦びだった。

愛する人にすること。
されること、ならば……。

# あとがき

こんにちは、あさひ木葉《このは》です。軍服シリーズ最終巻を、無事に皆様にお届けできて、今、すごく嬉しいです。お手にとってくださいまして、ありがとうございました♥

今回の『軍服の愛玩具《あいがんぐ》』には、お話が三本入っていますが、その中で一番長いお話は、もともと期間限定でweb連載をしていたものを改稿しています。ちょくちょくお問い合わせをいただいていたお話なので、こうして本の形にすることができて、よかったです。

それに今回は、担当さんの発案でちょっと変わった文庫にしていただきました♥　BLの文庫で初……なのかどうかはわかりませんが（笑）、袋とじの企画です。この袋とじに関しては、形状から、担当さんの並々ならぬこだわりがありまして、本当に熱心に企画を立ててくださいました。もちろん、イラストの小路龍流《こうじたつる》先生のご協力なくしてはできない企画でした。担当さんにも、小路先生にも、厚く御礼申し上げます。本当にありがとうございました！　小路先生には、今回もうっとりなイラストをいただいています。本当に本当にありがとうございます。

もちろん、シリーズの最終巻を無事に出していただけたのも、こういう企画をしていただけたのも、幸いにも軍服シリーズの前の二冊、そしてweb連載を、読者さんに気に入っていただけたからです。愛妾《あいしょう》、花嫁《はなよめ》、ｗｅｂ、そして愛玩具と続けて読んでくださいました方も、お好みのものをチョイスして読んでくださいました方も、本当にありがとうございました！　今回がお初という方も、ありがとうございます。短編二本は前に出てきたカップル入り乱れですので、微妙に意味不明感漂うかもしれませんが、もしも興味を持っていただけたようなら、前の本もよろしくお願いします♥

今回のお話は、前に比べるとコメディな感じなので、どうなのかな……？　と思ったりしていますが、これはこれで楽しんでいただけたら嬉しいです。そして番外編に関しては……ええっと、特になんか大勢で絡んでいるお話につきましては、その……夢オチということで勘弁してやってくださいませ。さすがに四人は多かったですが、白状しますと楽しかったです（笑）。発案は担当さんですと、ここで暴露《ばくろ》……。

軍服萌《も》えーな気持ちを形にすることができて、本当に楽しいシリーズでした。これでおしまいと思うとちょっと寂しくはありますが、無事にエンドマークをつけることができて、ほっとしています。願わくば、読者の皆さんにも楽しんでいただけるシリーズになっていますように。読んでくださいまして、本当にありがとうございました！

それでは、また次なるお話でお会いできることを祈りつつ……。

あさひ木葉

☆勝手に個人的に企画のお知らせ☆

そんなわけでシリーズは終わり、プラチナさんにも企画をいろいろしていただきましたが、私個人としてもせっかくなので、お試しで同人誌企画をさせていただこうと思います。軍服シリーズで、書きそびれた小ネタを集めた同人誌の予定です。ただし、個人でやることなので、あれこれ制約が多く、ご不便をおかけすると思います。それらをご了承いただける方のみご参加いただいた方がいいのでは……と思います。ごめんなさい。

【期間】

二〇〇七年九月三十日必着（ここを過ぎて送っていただいても、返送されてしまいます。ご注意ください。私書箱の契約が、この日までになっています。くれぐれも必着でお願いします！）

【内容】

軍服シリーズ同人誌。文庫サイズで、七十六ページ前後を予定しています。長くなることはあっても、短くなることはないようにしたいです。十六歳の一葉《ひとは》と山科《やましな》のお話とか、光明《みつあき》のお口で奉仕とか、深春《みはる》と大悟《たいご》の新婚日記とか、そういう感じの小ネタです。あとは、裏話的なことも書いたりするかもしれません。

【お送りいただくもの】

同人誌を送ってほしい住所・氏名を書いた宛名カード（できればシール状のものをご用意ください。お名前には「様」までつけてくださいね）と五百円分の定額小為替を、封筒に入れてお送りください。五百円に頒価《はんか》と送料を含みます。お金がかかってしまう企画で、申し訳ありません。

【発送予定日】

二〇〇七年十二月一日（予定ですので、前後するかもしれません）

【送り先】

郵便番号102−0072　東京都千代田区飯田橋3−10−10　ガーデンエアタワー1F

MBE244　あさひ木葉

【不着・乱丁等の場合の問い合わせ先】

konoha@ad.hacca.jp（メールのみになります。ごめんなさい。それから、不着・乱丁等のお問い合わせ以外は、なかなか対応できないかも……。すみません）

問い合わせ先がメールしかなかったり、送り先が私書箱だったりと、なんというか、お送りいただく方にとっては不都合な感じの企画ですみません……。お送りするまでにお時間をいただいているのは、私の仕事の都合です。本当に申し訳ないです。サイトとかで、発送状況などはお知らせできればと思っています。プラチナさんには無関係の、あさひ個人の企画ですので、プラチナさんには問い合わせしないでくださいね。プラチナさん宛にお送りいただいても、本をお送りすることはできませんので、ご注意ください。

そんなこんなで、いろいろ制約が多くて申し訳ないのですが、それでもいいと思ってくださった方は、どうぞよろしくお願いします。

# 軍服《ぐんぷく》の愛玩具《あいがんぐ》

プラチナ文庫をお買いあげいただき、ありがとうございます。
この作品を読んでのご意見・ご感想をお待ちしております。

**★ファンレターの宛先★**

〒112-0004　東京都文京区後楽 1-4-14
プランタン出版　プラチナ文庫編集部気付
あさひ木葉先生係 / 小路龍流先生係

各作品のご感想をWebサイト「Pla-net」にて募集しております。
メールはこちら→platinum-review@printemps.co.jp
プランタン出版Webサイト http://www.printemps.co.jp

---

著者――**あさひ木葉**（あさひ このは）
挿絵――**小路龍流**（こうじ たつる）
発行――**プランタン出版**
発売――**フランス書院**
〒112-0004　東京都文京区後楽 1-4-14
電話（代表）03-3818-2681
　　（編集）03-3818-3118
振替　00180-1-66771
印刷――誠宏印刷
製本――小泉製本

---

ISBN978-4-8296-2365-7 C0193